大《だい》亜《あ》細《じ》亜《あ》の詩《うた》

広島本照寺・東京軍事裁判インド代表判事パール博士の碑に寄せて

トーマス青木

特別寄稿・広島本照寺住職覓義就

Poems of the Great Asia

Thomas Aoki

みらい PUBLISHING

目　次

第一章

石碑を訪ねて

（一）

平和大通り。広島市街地を東西約五キロにわたって通り抜けるメインストリートである。別称、一〇〇メーター道路と呼ばれている。

その平和大通り沿いに植え込まれたイチョウの大樹林はこの季節、鮮やかな黄色の空間をつくりだす。その空間に遅い午後の太陽光線がふりそそぎ、やわらかな逆光線がおしみなく大地にばらまかれている。あいだを通り抜ける風はイチョウの葉を奏ではじめる。時間の経過とともに、イチョウ樹林の空間を黄色から茜色に塗りかえる。季節の移り変わりと時間の移動を描いた四次元の水彩画を想わせる、そんな午後のひと時だった。

「いい季節だ」

と呟きながら、仲間と共に大通りの側道を元気に歩く初老の男がいた。

「ほんとうにきれいだ。どこかで観た『風景画』のようだと想っていたら、いま思い出した。印象派絵画に多用されている『木漏れ日のある風景画』とは、まさにこのことなのだ」

その老人は、飽きもせず、独り言を言う。

仲間内の女性が口をはさんだ。

「お疲れになっていませんか？」

マイペースで歩を進める男は、この問いかけに返事をしない。

さらに女性は、

「どこかベンチにでも腰かけて、先ほど見学した『パール博士の石碑』のこと、少し整理しておきませんか？　それとも、平和公園の慰霊碑の見学が先ですか？」

女性の一言に反応した男は、かすかに笑みを浮かべ、満足そうに答える。

「この、少し先だから、原爆慰霊碑の見学を済ませてからにしよう」

印象派絵画の世界で独り言を発していた男が答える。

「先に見える橋を渡ると、すぐ右側に見えるのが平和公園だ。そのまん真ん中の原爆慰霊碑を見学し終わってから、休憩しよう」とリーダー格の男が提案したら、

（はい、了解です……）

無言のうち、他のメンバー全員は快く納得して、目的地の平和公園に向かう。

男性三人に女性一人を加えた四人組は、一〇〇メーター大通りの広い側道スペースを東から西に向って歩く。四、五分足らずで慰霊碑の前に到着。
この広場の正式名称は、『広島平和記念公園』
中央に位置する、石碑の正式名称は『広島平和都市記念碑』
ひと息つく間もなく、男は喋り始めた。

「この石碑の場所からだよ。毎年くりかえし八月六日の朝になるとだね、ＮＨＫはじめテレビ局が平和記念式典と称して、全世界に画像を配信する基点になるのだ」

さらに、

「実際この場に来るとね、今日もそうだが、必ず不愉快になる。テレビの音声からアナウンサーが『黙祷！』というとだね……」

「……」

仲間は無言で聞いている。

「掛け声とともに、毎年、無機質で甲高いサイレンの音を流す。今もそうだが子どもの頃は特に、あのサイレンの音が気味悪くて、怖かった記憶が残っていて、身体に染み付いているのだ」

一旦ここで、初老の男は声を詰まらせ、会話を中断する。

「大丈夫ですか？」

女性が声をかける。そこで男は、手にしていたペットボトルの水を一口飲み、呼吸を整えて再び、状況説明を継続する。

「サイレンの音が聞こえ始めた瞬間から、背骨に高圧電流が入ったように臀部筋肉から首筋へ、さらに後頭部に向けて、しびれが走るのだ。それは一分間、サイレンが鳴り止むまで続くから、つらいぜ」

どんな理由か、それは定かではないけれど、サイレンの音が継続する間、精神的に大きな恐怖のどん底に落し込まれ、金縛り状態となる事を、たんたんと説明する。

全員、無言のままでいる。未だ話は止まない。途切れることなく、咬んだ苦虫を吐き出すように、低い声でしゃべる。

「こんな中途半端で軟弱な言葉を、なぜ、石碑に刻んだのか？」

「この石碑の文言を、世界中からこの公園にやってくる訪問者たちが、これを読んでどう思うか？が問題なのだ……」

男の会話のタイミングを見計らっていた女性が、ここで割って入った。

「安らかに眠って下さい……

過ちは繰返しませぬから」

女性は声を出して、文言を読み上げる。

「……」

石碑の文言を読み上げた後、仲間内の誰も、何も話さなくなった。

女性の文言朗読を聞き届けた後、反射的に自然に、全員そろって目前の石碑に向け手を合せ、およそ一分間、静かに黙祷した。

「さあ、国際会議場に行きましょう。ひと休みしましょう」

移動中はいつも、一番後ろを歩いている細身な男は、明らかに老人の疲労度合いに気を遣っているに違いなく、初めて声を出し、休憩のための音頭をとる。

こうして原爆慰霊碑前にいた全員は、無言のまま歩き始め、わずか三分で平和公園の敷地内にある国際会議場のコーヒーショップに移動し、大きめのテーブルセットに陣取る。

細身な男はウエイトレスを呼び、各自で飲み物をオーダーした。

（二）

ここで、この物語に登場するメンバー四人を紹介しておきたい。

慰霊碑の前で喋っていた人物は、『エセ男爵』（本名は、玉水孝治）

大手の旅行会社に勤務。三十代の後半で脱サラ。ヨーロッパの旅行会社に転職し、合わせてヨーロッパに移住した。今、すでに定年を迎え、日本とヨーロッパの間を行き来しながらフリーの旅行ガイド通訳を業に細々と、しかし相変わらず自由気儘で、奔放な生活を継続している。旅行客以外との人付き合いはあまり良くない。もともと人嫌いな性格で、一人音楽に耳を傾けたり美術館巡りをしたり趣味の写真撮影のため独り旅行に出かけたり、時間を持て余すことは無い。

「旅行客相手の仕事は後にも先にも喋ることが一番。旅先で、旅の途中で、多くの人々と喋っているから、仕事が終れば無口になる……」と本人は言う。

本名で呼び合う友人や知人は少なく、どことなく気取っていて、人を寄せ付けない雰囲気がある。通称『男爵さん』とか『男爵』と呼ばれている。周りは彼を『エセ・ダンシャク』と、つまり偽物の男爵との呼び名をつけている。すなわち『似非男爵』。つまり決して本物ではなく、偽物の男爵と言われている老人が、この物語の主人公である。

慰霊碑の文面を読み上げた女性は、通称『ひでみ』(本名は、橘英美)。

大学卒業後直ちに大手航空会社の客室乗務員となる。航空会社の風土に何故か嫌気がさし、僅か二年で退職。その後五年間にわたり銀座の高級クラブに勤務するも、客商売は自分自身には不向きであるとし、見切りをつけ退職。その後はフリーライターとなる。世界の有名雑誌に掲載を重ねる。クラブ勤務時代にエセ男爵と知り合い、この度の仲間内に加わる。

物語の主役・エセ男爵を、被爆地広島市に招いた男がいる。その名を『トーマス青木』(ペンネーム)と言う。この物語の記録係、すなわち執筆責任者である。ヨーロッパのハンガリーに滞在中、首都ブダペストの古い居酒屋でエセ男爵と出会う。筆者の紹介は物語の進展する中、少しずつ控えめに紹介したい。

もう一人、細身な男がいる。通称「コスケ」（本名はコーチシュ・ラヨシュ）という。スラブ系ハンガリー人を母とする。が、物心ついた時から父の姿は見ていない。

四世紀頃から八世紀中ごろまで約四百年間をかけて、中欧アジアから放牧民として牧畜で生計を立て、東方から押し寄せてきたフン族に圧迫され西のヨーロッパの地に押しやられつつ、今のハンガリー盆地まで移動。ようやく定住しかかったところ、西から現れた農耕先住民族であるゲルマン人と接触。そこでキリスト教に触れ、教化されつつ農耕民族として今の盆地に定住したのが、現在のハンガリー人となる。だから言葉のルーツはアジア大陸に由来し、名前の書き方は姓が先で名が後となり、文法的には日本語と類似点が多いらしい。

何故か、コスケは日本人に親しみを持ち、且つ尊敬している。コスケは、エセ男爵のヨーロッパ事務所で雇用された秘書兼ドライバーだ。約十年間にわたり、エセ男爵の事務所に勤務した。大学での専攻は経営学。夜間学部（定時制）ではあるが、学費はエセ男爵が支払った。それを恩義に感じているのか今も尚、年中無休でエセ男爵につき従い、世界各地を飛び回っている。

以上の四人は、この物語の展開に必要な登場人物である。

（三）

エセ男爵とコスケは、秋の彼岸法要参列と墓参りのため、数日前から広島に連泊している。エセ男爵の先祖の墓所は、パール博士石碑の建立されている本照寺の同じ境内にある。開基（カイキとは、新しくお寺が開かれるという意味）四百年とする本照寺の歴史は古く江戸時代にさかのぼる。広島城主だった福島正則は元和五年（一六一九年）改易、移封された後、かわりに紀伊半島から浅野長晟《ながあきら》が入城する。その時、浅野家の家臣団として和歌山から付き従ったエセ男爵の先祖はそれ以降、広島に移り住む。本照寺との御縁も四百年になるか。

エセ男爵がパール博士の石碑に注目し始めたのは、六年前からだ。三年前に他界された当時の本照寺住職（筧義之）御存命の頃、石碑について質問したことがきっかけである。

「なぜ本照寺に『パール博士碑』が建立されているのか、教えて下さいませんか」

と、申し出でたところ、

「その前に、これと同じ本を読みたまえ」

とお答になり、一冊の書籍を紹介される。さっそく購入する。その一冊の書籍を読破した。

それから一年足らずの内、先代住職覧義之師は他界される。それから現在までの三年間、石碑の調査は途絶えた。

その後、落着いてパール博士石碑の一件を研究調査する時間がなかった。

しかし紹介された書籍を読了した時点で、エセ男爵には推測できるものがあった。それは、（昭和初期における満洲國の建国を、日本が国家をあげて協力し準備していたその時期に、まさに本照寺の先々代住職覧義章師は布教の目的で、満洲の地に向けて赴任された。はっきりした理由は調べなければ分らないけれども、満洲でインド人との接触があった事が、全ての始まりに間違いない）とエセ男爵は考えた。

これで、広島本照寺に於けるパール博士石碑建立の発端は、どうやら満洲の地であることまでは、判明した。


ひでみは昨日の午前中、羽田空港からジェット機で広島空港に到着。直ちにパール博士碑のある寺と平和公園の間に位置するタウンホテルに移動。プリチェックインを済ませ、旅装を解く。ホテルのコーヒーショップで軽く昼食を済ませたのち、午後からは、休む間もなく日暮れ前まで平和公園を周遊する。初めて訪れる世界遺産の都市『ひろしま』に、ひでみはなぜか、過去の歴史に深い思い入れがあった。

原爆慰霊碑を取り囲むように、平和公園内には多くの石碑が点在する。石碑には銘が刻んである。

役所名から学校名、その他施設名、徴用で広島市内の工場で働いていた外国人組織名の刻まれた石碑もある。夕暮れ時には閉館する原爆資料館は、日を替えてあらためて見学することにした。

以上、ひでみは本日のエセ男爵とのミーティングにさきがけ、こうして前日より広島平和公園関連の見学を済ませていた。

物語の場面を、広島平和公園内の国際会議場コーヒーショップ内に戻す。

(四)

「本日は、午後一時半に本照寺山門前に全員集合し、本照寺の境内『パール博士碑』の見学から始まりました。そして今ようやく、平和公園慰霊碑の見学が終わりました。たいへんおつかれさまでした」

トーマス青木が口を切る。

「まず、男爵さんからこのプロジェクトの概要をお聞かせ頂きたいのですが…」

ひと休憩し、水分補給した老人は、おもむろに語り始めた。

「結論は簡単だ」

「何故に、パール博士の石碑が、この本照寺にあるか？　その経緯をさぐることだ。探りながら動いていると、見えないものが見えてくる」

　訳の解らないセリフが出てくる。

「皆知っての通りだ、私の先祖の墓は本照寺にある。パール博士の石碑が建立されている同じ寺だということ、あらためて承知しておいてほしい」

　エセ男爵は、本照寺に特別の思い入れがある。だからこそ、このパール博士の石碑の存在が気懸りなのだ。

「一体全体、いつ石碑が建立されたのか？　については石碑に刻んである。ひでみさん、ちょっと手帳を見て、石碑に刻まれてある日付を読み上げて下さい」

　ひでみの手元には既に、その手帳が用意されている。

「はい、一九五二年十一月五日ラダビノード・パル、とあります。もう一ヶ所、別の石碑には『昭和四十三年五月』と、つまり西暦一九六八年の日付が記されています。さらに、『日文　源田松三作』と刻まれています。これらは別々の石盤に表記され、境内の同じ敷地内の同じ場所に建立されています」

　数日間連続の慣れない行動で、やや疲れ気味で沈んでいたエセ男爵の表情は、ここで少し明るくなり、再び話し始める。

「ひでみさん、ありがとう。あらためて理解できた。パール博士は一九五二年の十一月に広島に来られたのだ。この年、広島で初めての『世界連邦アジア会議』が開かれ、会議に出席されたのだ。

その時、広島で少なくとも二、三日滞在されたはず。パール博士が揮毫されたのはその時だ」

「そうです。石碑の年月と一致しています」

ひでみの間合いに続き、エセ男爵は話し始める。

「まちがいなくこの時、パール博士と先々代住職は、あらかじめ申し合わされたうえで、広島のどこかでお会いになったのだ。その時に先々代住職は、原爆慰霊碑の文言についてパール博士からのご意見をお聞きになって、それに対してのパール博士のご意見を組み入れた文言がベンガル語と英語で完成し、合わせて日本語訳にて石碑が刻まれた」

エセ男爵は続けて喋る。

「問題は、その後の日付『昭和四十三年』とした源田さん名義の石盤の存在なのだ。西暦一九五二年、つまり昭和二十七年だぜ。源田さんの石碑の日付と、パール博士の文言が刻まれた石碑との年月は、時間的に違いがあり過ぎる。つまり十六年間の年月の差がある。その間、パール博士の石碑は、何処でどうなっていたのか」

アイスティーを一口含みながら、ひでみは答える。

「実は私も、そこがわからないのでして……」等と、全く回答になっていない。

ここからあらためて、ひでみは話し始める。

「現在の平和公園には、もともと中之島（なかのしま）町という商店街に住宅が混在した繁華街があったのです。広島市の中心地で、たいへん賑やかでした。そして昭和二十年八月六日の朝、原爆投下によって町は完全に壊滅したのです」

その後、終戦の翌年一九四六年十一月一日に、この爆心地に近い中島町内の十・七二ヘクタールが「中島公園」として戦後の都市計画公園に指定され、さらに一九四九年の十一月一日、国会で可決された特別立法『広島平和記念都市建設法』が制定された。

全世界に向けて平和を願い出ることと、『過去のアヤマチ』を繰り返さないことを目的に、建築デザインのコンペが行われた。その時に、丹下健三を代表とする建築家グループの設計計画が採用され、当時建設予定だった百メーター道路（現、平和大通り）に垂直に交差するかたちで、記念館、広場、慰霊碑、原爆ドームを配置した公園が設計され、現在に至った。

以上、ひでみは広島の戦後復興と広島平和記念公園の建設に関わる経緯を、メンバーに告げる。

さらに言葉を加えた。

「パール博士の来広は、当時広島で開催された国際会議出席のために一九五二年の晩秋、十一月の出来事です。この年月日については、先ほど男爵さんがお話をされていた通りです。この時すでに平和公園内の慰霊碑の文言は刻まれていて、博士ご自身により文言内容は吟味された筈です」

ここでまた、ひでみは原爆慰霊碑の文言を読みあげる。

「なぜか『安らかに』ですよね。そして『過ちは繰返しませぬから』でしたね」

パール博士は一九五二年に広島の平和公園に立ち寄られ、この慰霊碑に参拝されたと、当時の新聞で写真入りの記事報道がなされた等、ひでみは調査を済ませ、知っていた。

ひでみは自分の見解を続ける、

「パール博士の碑文の内容は、平和公園の原爆慰霊碑の文言の不明確さを、パール博士ご自身が意識された上で揮毫《きごう》されています。原爆犠牲者だけではなく、アジア全域における先の世界大戦中の犠牲者に対し、追悼の意を表されています」

ひでみの熱弁はさらに続き、

「平たく考えれば、今現在、このパール博士の碑文の石碑が、平和公園内にあっても何ら不思議ではないのです」

ひでみは昨日の午後から夕刻にかけて、平和公園内にある多くの石碑の文言を視て歩いた。石碑のほとんどは、原爆犠牲者を鎮魂するためのものであり、パール博士の碑文内容は、その対象を広くアジア全体から世界に向けたものである。

トーマス青木が口を挟んだ。

「ひでみさん、よく理解できます。平和公園には何かの理由があって建立されていない。それはさておき、何故本照寺にあるのか? その訳が知りたいのです。皆さん、繰り返します。このプロジェクトのはじまりはココから、なのです。パール博士の石碑は、何故《なにゆえ》に本照寺にあるのか?」

メンバー全員を見まわしながら、トーマス青木はエセ男爵に話しかける。

「ところで男爵さんにお尋ねします。昨日午前中に墓参りされた時、アポイントされて今の住職さんにお会いになりましたね」

「久しぶりに昨日お会いした。ほぼ二時間近くも時間を割いて頂いて、コスケも同席して、注意深く話を聞きました」

平素は早口なエセ男爵であるが、いつもより会話の速度を落とし、若干遅い速度で真剣に、慎重に話し始めた。

「なぜ、パール博士の石碑が広島の本照寺に建立されているのか？　について、広島本照寺の三世代にわたる歴代住職にまつわるストーリーを、あらためて皆さんにお伝えします。実は、そのことだけをお聞きするために、わざわざ住職にお時間を作って頂いたのだ……」

「で、如何でした？」

（五）

ここからエセ男爵の演説が始まった。

まず、本照寺の近代史の紹介である。

先々代住職、筧義章師の満洲赴任について、今となっては、そもそも赴任された理由は定かではない。けれども、海外への赴任は数年間も前もって決定されていたらしい。先々代住職筧義章の出身地は茨城県の水戸市。もともと武家の出身と聞く。

赴任決定後の数年間は、周囲の協力もあって、かなり多額な赴任資金を蓄えられたと聞く。

昭和の初めの頃、新進気鋭の僧侶が仏教の布教活動目的にて、大陸の満洲に赴任されたのだ。この話を聴いたころから、エセ男爵はファンタジックな世界に頭を燻らせ始める。日本の歴史を昭和初期に遡りつつ、気分は日本を離れ、大満洲に飛んでいた。

（しかし実際問題、夢と野望を携えて裸一貫、多くの日本人が満洲の地に渡ったと聞く。私は手元資金が無くても構わない。そうだ、自分も満洲に渡りたくなった。あの時代は良かったのかも知れないな）

こうして我が事のように、エセ男爵特有の空想の独り旅が始まる。

夢想と空想の会計計算は良くするものの、現実の金銭管理がきわめて薄弱なエセ男爵の姿は、傍目から手に取るように理解できた。財テクに縁の無いエセ男爵の頭脳構造を分析し、トーマス青木は一人、苦笑した。

なにはともあれ、エセ男爵による聞き取り調査の結果、三代に亘る本照寺住職の昭和史を集約し、クルー全員にメモ書きを配る。メモの内容は、簡単な年譜である。

「この度のプロジェクト遂行に必要な『座標』です。未知なる世界の『昭和史探訪』をしつつ『大亜細亜の貴石』を探る、つまり探検の旅に出かけることです。朝鮮半島から、満洲へ、さらにインドを訪れる。そんな広大な大アジア大陸の探検には、羅針盤が必要です。方向性と目的地を、決して見失ってはいけません。そのために、この筧家三代に亘る昭和史年表が必要なのです。ファンタジックな昭和の歴史探訪旅行、その目的地に到着するまで、片時も手元から離さず、いつも携行して下さい」

　等と、クルーに対してレクチャーするエセ男爵はただ一人、悦に入っている。

（また始まったな。男爵さん得意の境地だ。ここにいるクルーは全員、この程度の年表は瞬時に記憶するぜ……）とトーマス青木が独り言を想っていたら、

「何も今さら私が、大げさに言わなくても、みんなこの年表は直ぐに記憶してしまうでしょう。良く解っています。が、大切なことは年譜の一覧表に空けてある行間です。その空間に、今から皆さんそれぞれが書物から引用されたり聞取りされたりした状況を書き加えて下さい。それぞれ自分流儀で整理整頓するための空欄です」

　右、エセ男爵の流儀である。

　ここであらためて、筆者トーマス青木よりお願があります。

（そうです。念のため、物語の始まる前に年譜を書き記しておきます。各自、物語の推移をこの羅針盤に照らし合わせながら、読み進めて下さい）

《本照寺筧住職三代の昭和略史》
（イ）昭和六年（西暦一九三一年）＝二五世住職筧義章師千葉県内大寺院住職就任
（ロ）昭和七年（西暦一九三二年）『満洲國建国』

（ハ）昭和八年（西暦一九三三年）＝二五世筧義章師　満洲へ赴任
（ニ）昭和九年（西暦一九三四年）＝インド独立運動家、チャンドラボース氏
ならびにA.M.ナイルの両氏と二五世筧義章師との出会い（大連市にて）
（ホ）昭和十年（西暦一九三五年）＝鞍山市内に日蓮宗新寺院を建立
（ヘ）昭和十三年（西暦一九三八年）＝先代住職（筧義之）の生誕（鞍山市にて）
（ト）昭和二十年八月（西暦一九四五年）＝広島長崎に原爆投下後、まもなく終戦
（チ）昭和二十一年七月二十四日（西暦一九四六年）＝筧義章家族の帰国、東京在住
（リ）昭和二十二年六月（西暦一九四七年）広島本照寺赴任（可部町にて活動開始）
（ヌ）昭和二十五年（西暦一九五〇年）頃、広島市新船場町にて本堂建立。
（ル）昭和四十五年年（西暦一九七〇年）＝現住職筧義就　生誕
（オ）昭和五十二年（西暦一九七七年）＝境内にパール博士石碑　建立
（ワ）平成十四年（西暦二〇〇二年）＝現在の本堂　落慶法要
以上、
広島の本照寺歴代住職三世代に亘る歴史年表にて、本著の座標とする。

「ありがとうございます男爵さん。この度の航海の目的地と、それに向かっての航路が見えてきました。よく調べて下さいました。あらためて元気が出ました。お手伝いします。何でも仰せつけ下

さい」

白磁のように白いひでみの顔色は、ほのかに桃色に変化した。未知の歴史探訪に、大きな知的好奇心が湧き上がった証拠なのだ。

「ありがとう、ひでみさん、楽しくやりましょう」

「はい、少しずつ解ってきました。なぜインド独立運動家と先々代住職の結びつきがあったか？それは宗教を通して見えて来る、哲学の世界だと考えます。私には信仰の世界や宗教の問題は難しすぎてよく分りませんし、あまり興味が湧きません。でも、宗教と政治の結びつきの歴史があるようで、それであれば何とか整理できそうです。その昔、日本に仏教を輸入し、国家の背骨として仏教を運用され始めたのは、たしか聖徳太子さんでしたね。当時の日本の地方を束ねる豪族たちに仏教を広め、中央集権の根幹を形成するために、その手段として仏教を用いられたと解釈します。それ以降の為政者は、つまり貴族階級では、科学知識や思想文化を中国大陸に求めた。遣唐使の時代には、有能な仏教のお坊さんを育てるため、遣唐使の要員として、大陸に派遣し、学問としての仏教を、国家を挙げて習得させたのでしょう……」

エセ男爵は頷きながら、

「そうです、その通りです。そう思います、ひでみさん……」

さらに平安時代になると、大々的に仏教文化と貴族政治は結び付きを強める。平安時代の政治の中心地である奈良に始まる。都は京都に移り、それぞれの地で仏教文化は大きく栄えながら、天皇を中心とする政治世界と合体する……」

このあたり、わずかな知識しか持ち合わせていないエセ男爵が、得意になって語り続ける。（これを、エセ男爵的な知ったかぶり、と言うのだ。でもこの度のプロジェクトを達成する頃には、エセ男爵もより正確なより広範囲な知識を学び、彼なりに整理し、より学問的に整頓するだろう）と他人事のように、トーマス青木は独り笑みを浮かべながら無言でつぶやく。

さらにエセ男爵の独演会は続き、

「戦国時代には、あれこれ影響を受けながら、信長はともかくも、豊臣時代に入ると、おおきく仏教からキリスト教の影響を受け始めた大名がいたから面白い」

そこでひでみが口を切り、

「仏教を後ろ盾にした戦国時代の武士たち、当時の為政者たちは、命がけだったのでしょう。宗教に、というより仏教に救いを求めたこと、間違いありません」

江戸時代になれば、南蛮から入り込んでくるキリスト教から、国家の崩壊に繋がるほどの打撃を受け、国家滅亡に繋がるのではないかという恐怖感から、キリスト教を禁止し、迫害を始めたのだ。と、エセ男爵は江戸時代の為政者と宗教の関係、その変遷の歴史を解釈していた。

「歴史というものは川の流れと同じだ。その川の上流から下流へと辿って行き、また下流から上流へと遡る。そして全体像という大きな流れを知ることが大切なのだ。フローで見ていけば、より面白くなる。その時代のその事件や出来事だけを『竹輪切り』して細かく眺めるのが一般的な歴史の研究であるが、其処は何か一つのテーマを決めて、そのテーマが時代の変遷と共に、歴史の大きな流れに合わせて姿やかたちを変化させ、どのように巧く、時流に乗って流れて往くのか？　歴史のフローチャートをみると、興味深くて面白い。そこらに本当の歴史が見えてくる。昭和の歴史を幕末や明治維新あたりからフローとして捉えると、満洲國の建国には、それに伴う仏教布教と、密接に関係があると思う。だってそうだろう。明治維新に戻れば、『廃仏毀釈』という大きな変革があった。江戸時代の武家政治から新国家建設のため、天皇を中心とし、国民の人心掌握のため、神道を中心において国家の運営をしていきたかったのであるか」と男爵は、自らの理屈を言い切った。

「よし、決めた、実行しよう」と、エセ男爵の掛け声とともに、集まった全員はこのプロジェクトに参加する決意を新たにした。

ここでメンバーの各自が持ち寄った作業計画や気合の入った発案を並べてみた。
各行動を開始し発進したのち目指すところ、その最終着地点は、すなわち目的は、東京裁判インド代表判事パール博士の石碑は、何故広島市中区の本照寺境内に在るか？

その理由と経緯を調べるため、クルーの各自は、プロジェクトを前進させるための試行錯誤を始めた。
一、宗教哲学としての仏教と政治の関り、
一、昭和初期の国家戦略と満洲建国、満洲とインド、箟住職と仏教と政治、
一、東京軍事裁判とは、パール博士と東京軍事裁判、
一、昭和の軍部と国家経営、昭和の日本文化と大陸文化、民族の融和、
一、近代日本の軍隊組織と欧米の比較、さらに中国大陸における軍部、軍人とは、
一、欧米列強からのアジア諸地域の独立運動、実態は?
一、共産主義の台頭!中国共産党の動きと、ソ連の脅威は、
一、ソ連共産軍の急襲と、満洲の崩壊、
一、被爆後の広島、戦後GHQ体制下の日本、
一、パール博士と仏教、理想の世界恒久平和に向けて、
等と、あれこれ出てきた。


「ウム…　挙げれば切りがないぞ……」

「男爵さん、トーマスより、お願いがあります」

「何か?」

「満洲國です。昭和六年頃から終戦の昭和二十年の八月まで、わずか十三年の間でしたが、当時のアジア諸地域に住まう人々からみれば、大きく未来の幸せを夢見た楽天地だったに違いなく、そのような時代背景のなか、多分意気揚々と、満洲國の創立と合わせて赴任された若き筧義章師の足跡を辿ってみませんか？　右の調査項目は全て、この一点に集中します」

トーマス青木は提案した。(中心となる軸は、満洲に在り。か……)エセ男爵が自問自答していると、とっさにトーマスの発言を受け、ひでみが発言する。

「満洲の研究、賛成です。当時の日本人にとって、満洲はすてきな外国旅行のデスティネーションだったに違いありません。昭和初期当時の航空機は発達過程にありました。未だ旅客機としては玩具に等しくて……」

「で、なんだ、船旅か？　今も昔も、満洲は大平原だよ。船旅は無理だろう」

「はい、英国をはじめとし、ヨーロッパ大陸ではもちろん、アメリカ大陸を東から西へ跨ぐ、蒸気機関車が花開いた時期ですよ。すばらしいＳＬが、広大な満洲には在りました。でもってアジア大陸の満洲では、大陸縦断南満州鉄道の旅です！」

「な、なるほど、アガサ・クリスティの、あれだな」

「はい、オリエント急行の時代です」

このあたりの旅の話題は、ひでみの得意な分野だ。

「あの時代、すでに東京駅から、満洲のハルピンや奉天に向け、特急列車の時刻表が発表されていたはずです」

エセ男爵は童心に帰り、喜びをあらわにした。

「そうか、想像しただけで、背筋がぞくぞくする。すばらしいぜ！」

と、ひでみの会話を聞けば聞くだけ、エセ男爵は感動し、自ら旅に出かけんばかりの勢いだ。

「ひでみさん、君に任せた。昭和初期の満洲の旅と五穀豊穣ならぬ五族共栄を謳った満洲の生活や文化芸能の情報、集めて下さい。それから君、コスケよ。私たちは石原莞爾将軍を中心にして、当時の軍部の考え方とソビエト共産主義国家の立ち位置、それから蒋介石とシナ大陸軍属の動きを調べてみよう。そして、我国の敗戦を未然に防ぐ、すなわちどうすればしかるべき時に停戦し、講和会議に持ち込む方法があったのではないか、研究してみよう」

「そして、トーマス君、ひでみさんも加わって、戦後の東京軍事裁判とインド代表判事パール博士の理論をもう一度検証してみて下さい」

「それから、ソ連の急襲による満洲崩壊のこと、さらに、マッカーサー総司令官のもと、GHQ占領政策下の当時の我国の実態はどうであったか？　報道の表面に出ていない裏事情等、調べて欲しいと思う。ひでみさん、お願いできますか？」

「承知しました……」

と、ひでみは元気がいい。

「パール博士の文言、何か勘違いして教わっている昭和の歴史、日本の近代史を見直す良い機会です。正しい歴史解釈を、次世代に繋ぎたい……」

と、エセ男爵は締めくくり、ミーティングを終えた。

エセ男爵の小演説を聞いていたトーマス青木は、ひそかに微笑んだ。これでこの企画（プロジェクト）は前にむかって転び始めた。

すがすがしい令和元年晩秋の午後のひと時であった。

第二章

夢の新天地・満洲國へ

（一）

最初のミーティングから二週間経過、十一月に入った。

メンバー全員、それぞれの本拠地に戻り平常の活動を始めると共に、この度のプロジェクトの研究課題を紐解き始める。元より多忙なメンバーは、忙しくても楽しみつつ、宿題の達成に勤しんだ。

ひでみは、近代（アールデコの時代）[①]ヨーロッパ庶民の生活と文化、それと同時期（昭和二年＝西暦一九二七年）の日本の庶民生活を比較し、整理し始めた。

しかし、文化の比較といえばあまりにも広範囲である。西洋近代芸術と庶民生活の文化を基盤（ベース）に、同時期のアジアと日本国内のそれを比較しながら、東西の社会文化を比較。西洋と東洋の共通性をあぶりだしたいと考えていた。

つまり、『満州國を考察する』には、ひでみにとってどうしても比較対象が必要だった。（ここで筆者より読者の皆様にお願いがあります。日本の歴史を考える時に、かならず同時代の世界史を頭の片隅に用意しておいて下さい。今の場合、満州國の生まれた年代、つまり昭和初期の時代の欧米とアジアで起こった歴史的出来事を、脳裏に描いておいて下さい。そうすることにより、調べているものの実態がより明確に理解把握できるのです。宜しくお願いします）

ひでみの採った『その比較対象の手法』は単純である。

つまり、

あの時代のヨーロッパに、アジアと日本を加え、庶民の生活文化を比較すれば、当時の東アジア大陸つまり満洲の何かが見えて来る。満洲の地が、いかに空白の地であったか、否か。このプロジェクトに参加する以前は、満洲への関心は無く、予備知識などは皆無に等しかった。

（満洲に関連する著書は多い、と聞く。聞き取り調査をしたいけれど、満洲に住んでいた人はかなり高齢になっておられるか、お亡くなりになっている。聞き取り作業は、すでに不可能に近い。今となってはこれらの書物を調べるしかないか……）

などと、次のミーティングに向けて、満洲関連の情報を集約し始める。

その一方でエセ男爵には、

本照寺住職の近代小史を纏めながら、昭和初期当時の日本の仏教と満洲の関りを調べ、整理する。という大きな課題が立ちはだかった。

今や、歴史のかなたに過ぎ去ったはずの『満洲國』が、朧げながら見えてきた、アジア大陸東北部の『その存在』は、想像を超えていた。

（お生れは明治の終り頃、茨城県の水戸市と聞く。大正時代に幼年期を過ごされ、昭和の始め、青年期を迎える。当時では、たいへん稀な存在であった大学に進学されたのだ。さらに珍しくも、在学中から僧侶の修行に励まれたたとの事……）

（この辺り、どうもよく分からない……）

と、当時の一般社会における大学生と、僧侶の生活の両立が把握しきれないエセ男爵は独り、首をかしげる。デスクにおいてあるグラスに手を伸ばす。アイスウオーターを飲みながら一息つく。

彼の思考錯誤は続く。

（元来聡明で努力家の、典型的な明治の男なのだ。ご自身の夢と意地を押し通すお人なのだ……）

（本照寺の先々代住職覚義章師は、自分流に表現すれば『アールデコ時代の日本仏教界の寵児《ちょうじ》』と言っても過言ではない……）等と、広島本照寺二十五世住職覚義章師の経歴の舞台を、世界史的な規模の背景で描き始めたのだ。

あらためて空想にふけるためエセ男爵は彼自身、瞼を閉じた。

閉じた彼の瞼の裏に見えてきたものがある。

それは東アジア大満洲の地、南満州鉄道を突っ走る、最新鋭の大型蒸気機関車『亜細亜号《あじあごう》』が爆走している広大な満洲の大地であった。

広大なアジア東北部満洲の大平原が見える。

地平線の彼方から、ひと筋の黒い煙が見えてきた。わずか数十秒経過するうち、濃い灰色の煙とともに真っ黒な粒状の塊が見え始める。微細な空気の響きはガタンゴトンとレールの軋《きし》む音となって聞こえ始め、さらには蒸気の吹き出る力強い空気の音が、乾いた草原の大気を揺るがし始める。それは一路、北に向って巨大な蒸気機関車の発する、力強い轟音と爆音の奏でる協奏曲といえるだろう。

すでに四日目になるか。

東京を発った筧義章師。昭和初期のあの時代、東海道本線にて大阪駅を経由し山陽本線を下関まで移動。下関国際港から客船に乗換え、大連港へ向かう。

さらに大連より、南満州鉄道にて鉱山の街『鞍山市』へ向う南満洲鉄道旅客列車車上のなか、長旅の疲れに静かに微睡《まどろ》む若き僧侶あり。

師は、この時から十五年後の昭和二十二年に、広島市の本照寺に赴任し、さらに数年後『東京軍事裁判インド代表判事パール博士』と、広島の地で奇跡的な会見が執り行われる運命にあったことは、夢にも予測していなかった。

こうして、

ようやく雪解けを迎えた昭和七年三月早春、東アジアの大地を爆走する蒸気機関車の車中には、若干二十七歳の僧侶の姿あり、満州大連駅に降り立った。

（二）

舞台は再び広島市内に移る。

二度目の全体会議が始まったのは十一月下旬、ウイークデイの早朝だった。

「おはようございます。お久しぶりです……」

「さあて、みなさん揃ったところで、先ずは朝食を頂きましょう。まだ七時三十分を少し回ったところだ。十時三十分迄、約三時間かけて豪華な朝食を楽しめる。ついでにランチまで済ませてしまおうか……」

エセ男爵の音頭で、第二回目のミーティングが始まる。

「そんなに長居しても大丈夫ですか？」

トーマス青木が口を挟む。

JR広島駅北口に在る、このタウンホテルに何度か宿泊した経験のあるひでみは、トーマス青木の話を聞き流しながらテーブルを立ち、すでに料理の置かれているビュッフェコーナーに向かう。

そんなひでみを横目で見ながら、

「ああ、このホテルのブレックファーストは豪華だ。値段は少し高いよ。遅い時間の朝食から早めのランチまで、つまりブランチタイムまでカヴァーしているから素晴らしい。ゆっくりしたテンポで、しっかり食べよう。今日の昼食は抜いても大丈夫だ」と、エセ男爵が間合いを入れる。

トーマス青木の納得する表情を、笑みを浮かべながら観察しているコスケは、今朝もエセ男爵の隣に控えめに座っている。自分たちのテーブルにメンバーの誰かが居て、荷物がなくならないよう見張りをするために、交代で席を立つ暗黙の了解ができていた。

先に料理を持ち帰ったひでみがテーブルに着いたのを見計らって、コスケがテーブルを発つ。

メンバー全員はそれぞれ、ビュッフェスタイルの料理テーブルに向った。気心の知れたメンバーは、こんなところでもお互いに配慮し合える、チームワークのとれた仲間であった。

食の細いコスケは、誰よりも先に朝食を終え、メンバー全員に数枚のコピーを配り始める。全員集合して約三十分後、まだ朝食途中であったけれど、ミーティングは開始した。

「ひでみさんから五枚、男爵さんから一枚、私コスケから英文資料二枚、合計八枚を、お配りします」

最初の発声は、いつもの通りエセ男爵からだ。

「あらためて、本照寺の歴史をご紹介します。オリジナルの資料は、広島本照寺の第二十七世住職筧義就さんから頂きました。福島正則公が広島城の城主だった頃からの歴史が記述されています」

メンバー全員、食い入るようにＡ４一枚のほぼ全ページに亘って詳しく記述された筧住職三世代の小史に視線を集中させる。

「考えてみれば、おじい様の義章さん（第二十五世本照寺住職）は、今流で言えば『すごい人』だなあ……」

とエセ男爵が言えば、直ちにトーマス青木が尋ねる。

「ああ、はい。私もそう思います。その最大の理由は何かと、男爵さんはお考えですか?」

「行かれなくてもいい所に行かれたからだ」

「なんですって? 満洲へ赴任されるのが何故《なぜ》、行かなくてもいい所でしょうか?」と、トーマス青木が切り返す。

「トーマス君、考えてもみたまえ。いまどきのサラリーマンと違って、当時海外赴任と云えば、水杯《みずさかずき》をかわして別れを惜しんだものだ。つまり命がけで満洲に赴かれたはずだ」

「なるほど……」

トーマスは頷《うなず》く。

「何か特別な理由があったのか、それともおじい様に特別なご意志とか目的があったはずだ。特別な目的をお持ちだったたにしても、赴任先が満洲だっただけに、周囲の人々には見えてこないし、したがって理解できない。日本国内で僧侶の道を継続されたにせよ、十分にご出世されたはずのバックグラウンドと、ご自身にお力があったお人だと聞く。だから、同じ宗派並びに他の宗派の寺院関係者には、たぶん白い目で冷やかに、満洲に発たれる筧義章師を遠巻きに眺めていたのかもしれない。いやいや、今と違って昭和初期の時代、世間の感覚は今とは比べ物にならない想像を絶するほどに近視眼的で狭隘だったたに違いない」

ここまで話を継続しながら、珍しくエセ男爵は眉間にしわを寄せていた。

「ジェット機に乗ってしまえば地球上の何処へでも、一日以内に移動可能な現在の我々の感覚よりも昭和初期の満洲は、とてつもなく遠い場所にあったはず……」

エセ男爵の熱弁に、メンバーはあっけにとられながらも圧倒され、耳を傾ける。

そこでトーマス青木が、

「そうか、その時おじい様は、二度と日本にお帰りになることはない。そう、決めておられたのだ。いわゆる『満洲に骨を埋める覚悟』をしておられたのでしょうねえ……」

「そのとおりです。だから『すごい人』だと言いたいのです。満洲に渡られたからには、アジア全体をお心に描いていらっしゃったはずです。その先のヨーロッパも視野に入っていたのではないでしょうか？　なにはともあれ、大それたことを考えておられたに違いないのだ……」

ここでエセ男爵は、一息つく。

メンバーは全員、真剣に頷《うなず》き、エセ男爵の想定に納得する。

さらにエセ男爵の話は続く。

「あの昭和の初め頃に、ご家族で、というより奥様とお二人だけで、満洲へ渡られたことだ。なにしろ満洲といえば『馬賊《ばぞく》』という暴れ者の集団が、広い荒野に群雄割拠していた」と、話は次に継続し……

まるで三国志の時代と同じではありませんか……。

盗賊が暴れまくっていた最果ての地だ。盗賊全員が馬に乗って町から村へ、金品や食糧はおろか若い女もさらっていく。そういう馬賊の集団が百数十も群雄割拠し、まじめに働かずして食いはぐれる事も無ない。それを一回だけではなく何年も継続して、いや何十年も継続して盗人稼業《ぬすっとかぎょう》を営《いとな》めた。

つまり盗む対象となる人間、つまり金を持っている人々が当時の満洲にはたくさん存在していた。

それは或る意味、裕福にして荒っぽい、広大な地域だった。大陸の大都市は別として、例えば今の北京始め上海や南京など、当時でも別格であるが、その他、当時の大陸の地方都市と比較して満洲の地は、財貨やお宝の集積がなされていた地域であったに違いない。だから人が集まり賑やかになる。人は人を呼び、相乗効果を生む。

「そんなところへ若い奥さまとお二人で乗り込んでいかれたのは昭和七年だ。さらに僅か二、三年後の昭和一〇年（西暦一九三五年）、鞍山市内に新しく寺院を建立された。これは物理的に、今では考えられないほどの超スピードスタートを切られているのです」

エセ男爵は一息つく。

「なるほど。おじい様が、日本から資金をお持ちになったとしても、わずか二年で新しい寺院が建ったとは、これは早い。おじい様は、普通じゃない。いわゆる『やり手のお坊さん』なのだ、これはすごい事ですねえ」

と、堪らずトーマス青木が口を開いた。

「今と変りはないでしょうか？　明治の頃もそうか。そして昭和になる。アールデコの時代、今よりもスピード感に溢れていたのでしょうか？　今の時代と違って、昔の若者の方が、大きな事をやっている」

若くして満洲へ赴任すること、わずかな期間で新しい寺院を建立するスピード感あふれる人生展開だと、トーマスのみならずプロジェクトメンバー全員が感心する。

　ここでコスケが珍しく口を挟む。

「おじい様と同じように、アジア大陸をまたにかけて活躍した人？　それは大昔のハンガリー人です。小学生のときに習いました。ハンガリーの歴史を習った時を思い出します……」

　エセ男爵は少し驚き、コスケの会話を妨げる。

「たとえ間違っても、筧住職のおじい様と、大昔のハンガリー人を一緒にしないでくれたまえ。分かるかい。コスケ君……」

　コスケは落着いて切り返す。

「いいえ、筧義章さまとハンガリー人との比較をしているのではありません。ハンガリーの先祖の人々と、アールデコ時代の、昭和初期当時の満洲の馬賊との比較です……」

「なるほど、よく分かった……」

　納得した男爵とメンバー全員は、コスケの話に耳を傾ける。

　コスケは続ける。

「ハンガリー人の起源は、東アジアだと聞きました。四世紀の後半から集団移動を開始し、それから約四百年かけて、九世紀頃までにハンガリー盆地まで辿りつきました。だから何世紀も時間をかけて、狩りをしながら牧畜をしながら時に移動先の村々で略奪を重ねながら、少しずつ西へ向けて移動する。移動手段は当然ながら馬です。羊も連れていました。羊の乳を搾って飲み物とし、チーズに加工して携行しました。羊の肉を食糧にしました。かれらは典型的な騎馬民族です。騎馬民族は全員馬賊です。つまり馬賊をやりながら、略奪しながら移動する。行き着いた村々で盗みを働きながら、いくつかの家族が集まって部族になり、まとまった集団になって、西のヨーロッパに向け、時間をかけて移動してきた……」

この時のコスケは、頭の中で通訳をやっていた。ハンガリー語から日本語に置き換えていた。気合いを入れて会話を組み立てた。

「コスケ君に聞くけれど、満洲とハンガリーと、いやハンガリー人と満洲人とは何か関係があるのか？」

「ありがとうございます男爵さん。実はそこが肝心なところです。ハンガリー人の故郷は、たぶん、今話題となっている満洲の土地の辺りだと思います。四〜五世紀ごろ、満洲の北から攻めてきた北方の蛮族に責め苛《さいな》まれ、南は当時の漢民族国家である宋の国に立ちはだかれ、南に向けて逃げるのは不可能でした。したがってモンゴルの平原を通過し、さらに西へ移動して行った。中央アジアのどこか、一定の場所に立ち止まらせてもらえなかった民族でして、ついにはアジアとヨーロッパの境目となるカルパチア山脈②を越えてヨーロッパに入ります……」

コスケの話は、ここで熱を帯びてきた。

「結論から言いますと、ぼくたちハンガリー人は、元は東洋人なのです。ハンガリー人は全員、そう思っています。そして日本人を尊敬しています。誰も声に出して言いませんが、日露戦争で日本の国がロシアに勝利した事、国民のみんなが喜んでいるのです。そして第二次世界大戦で日本が負けたこと、みんな悔しがっていました。当時のハンガリーは隣のオーストリアと一緒に枢軸国ドイツ側についていて、負けてしまいました。ぼくのおじいさんは当時、ポーランドの最前線で敗戦となり、ロシア軍に抑留されました。それから五年も、ハンガリーには帰れなかった……」

数年前までエセ男爵は、ハンガリーのブダペストに長逗留《ながとうりゅう》していた。ブダペスト滞在の当時を思い出し、コスケの会話に付け加える。

「その話、一度ハンガリーに長居《ながい》していた時に、そのあたりのことを少し、君のおじいさんから直接聞いたことがあるよ。ハンガリー語だからさっぱり私には分からない。君の母上がたどたどしい英語で通訳してくれた。その第二次世界大戦終了の時のこと、君から聞くのは初めてだぞ。たいへん面白い。近代ヨーロッパの歴史には興味あるからまた話してくれないか。特に、日本の歴史の貴族と武家、その間の仏教をテーマにして問題解決しなければならない。となったら、ヨーロッパと日本の貴族と武士社会のテーマが出て来る。そのあたりでもう一度、ハンガリーを中心にヨーロッパの貴族制度の話をしてほしい……」

「はい、わかりました」

（三）

ここまで、真剣に話を聞いていたひでみが代わって話し始める。

「当時、こういう歌が流行ったのです……」

　大正時代から昭和の初めにかけて、日本で盛んに謡われたうたの一節に、

「ぼくも行くから、君も行け、せまい日本にゃ、住みあいた、波のかなたにゃ、支那がある、支那《しな》にゃ四億《しおく》の、民がまつ」

「そして、満洲浪人という言葉が生れたそうです。私のおじい様の知人で、満洲で馬賊を職業とした人がいるそうです。もちろん日本人です……」

　エセ男爵は付け加えた。

「いわゆる『ロゥニン』だよね。今も残っている。日本人は必ずどこかに所属していないと相手にされないという社会的通念がある。それは遠く江戸時代からの日本人の習性で……」

エセ男爵に言わせれば、それ以前の秀吉や信長の時代には存在したかどうか定かではないけれども、いや、在ったとしてもそんなに厳しくは無かったと考えられる農耕民族特有の身分制度があった。それは江戸時代に形成された『士・農・工・商』という身分の区分けであり、おそらく武家社会の頂点に立った徳川による江戸幕府の政権を維持安定させるための、身分制度だったに違いない。とエセ男爵は考えていた。

なかでも、制度上は農民の地位を高くし、その実、稲作を主体とする農業生産の安定化、つまり各藩の米穀生産の計算基礎である『石高』を割り出しやすくし、安定生産可能変動を回避したく、したがって農民人口の流動を止め、米生産を計り易くするためには農民を同じ地域に固定させるためのシステムを各藩に徹底し、日本的農村の固定化を構築した。村社会は、こうして生れ、農民は必ずいずれかの村に所属しなければ個として存在しないカタチが生れた。とエセ男爵は考えた。その上に位置する武家社会は如何《どう》だったか。武士の成り立ちにも歴史がある。だから一概に言い表せないけれど、江戸時代の武士は必ず大名に所属し、何藩の家老、馬まわり、足軽等々、それぞれの所属と地位がはっきりしていた。しかも世襲制度であった。江戸期も後半になってこの制度が若干崩壊し始める。つまり所属の藩がつぶれたりすると、武士の中でも浪人が出始める。例えれば忠臣蔵の赤穂浪士のような存在だ。

特に、士族の場合、どこかの藩に所属していなければ、武士としての意味が無く、封建時代の社会構造上、諸藩のいずれかに所属するか、あるいは藩に所属している武家の家来の立場にも登録できない侍（武士）は、存在の意味が無かった。

エセ男爵の解説には熱が入る。

「満洲浪人とは、今で言う『脱サラ』だとか『失業した』とか、所属先のない人間を指す。さらに言えば『自由人』か？　私はその程度だと考えているが……」

と、エセ男爵が定義すると、
トーマス青木は少し違った角度から発言する。

「そうです。私が思うに、当時の満洲に住んでいる日本人は、ほとんどの日本人の人達の素性は明白だった。お役人と軍部、つまり兵隊さん、そして満洲鉄道に所属するいわば大企業の社員、そして各種商売人です。極めつけは開拓団と称して満洲の辺境荒野の果てを切り開く人たち、つまり農民だったはず。このカテゴリーに入らない人たちまでが、一攫千金を狙って大陸に渡った。その人たちが馬賊になる可能性があった……」

ひでみの切り口もあった。

「江戸時代には海外移住はおろか外国旅行さえ禁止されていた。つまり日本は長い間鎖国の時代を経て、明治になってから米国本土やハワイ、さらには中南米への移民が始まりましたよね。まじめな農村出身の人が多かったと聞きます。まして馬賊になったような日本人は見当たらなかったと思います」

ひでみの話題はさらに広がった。彼女は、満洲での馬賊のことを生活文化研究の枠でとらえ、次のように説明した。

「馬賊の始まりは、原住民が治安の乱れの中で盗賊から自分たちの生命財産を守るために作られた武装集団であった。そこには盗賊の集団になったり、日本軍部の手先となったり、逆に軍部の満洲侵略に抵抗した集団もあった、と記録されています。しかし馬賊は大昔からあったのでして、おそらく明治の時代、日清日露戦争の頃にも馬賊がいたはずですが、戦争が短期間で終わったので馬賊の影響は記録に少ない。どのみち日露戦争以降、日本人の出入りが始まった。その頃から日本人の馬賊の首領も現れたようです。新撰組隊士の原田左之助も満洲に渡って馬賊になったとか、実際には小日向白朗や斎藤菊次郎の名が史実に残っています。筧のおじい様が満洲入りされた頃、昭和七年でしたか。その頃には、伊達順之助と云う名の馬賊が有名だったそうです」

「騎馬民族や馬賊の話になってしまいましたが、要するに満洲はアジア大陸の東端に位置していた。という事で、東アジア大陸独自の『風土や文化』が存在していた。ということでしょう。同じ時代、日本人は北米やハワイ、中南米にも移民として移住していた。そこには『異なる文化や風土』が、つまりハワイにも米国西海岸にも中南米にもあったはず。あわせて強盗も泥棒も居たはずです。でも馬賊の存在が歴史上の話題になって二十一世紀の現在にも語り継がれているのは、東アジア満洲の特有のコトバではないでしょうか」

耳を傾けていたメンバー全員、真剣に思考するなか、ひでみはここで一呼吸つく。

「男爵さんはどのようにお考えですか？」

一区切りついたひでみは、すかさずエセ男爵に話を振った。

「ひでみさん、満洲の移住者と、ハワイや北米中南米に移住した日本人の生活文化を比較するとはさすがだ」

「なるほど、興味深いなあ……」

「はい、コスケ君と男爵さんの騎馬民族のお話も、興味深く拝聴しています。いつの時代にもどんな地域にも、悪事を働く人々はいます。如何なのでしょう。当時の満洲の馬賊の存在は、少しばかり誇張されていて、つまり馬賊が英雄視されていませんか？」

「あるいは美化されている部分もありませんか？」と、ひでみはメンバーの皆に対し、疑問を投げかけた。

「明治期以前の日本は、どうであったか？」

「箱根には、関所があった。関所では東海道を通じて江戸と地方を行き交う人々の管理監督をするお役人がいた。街道や関所から外れた近隣の山々には、やはり強盗が潜んでいた。そこには、たぶん浪人となって野武士となったプロの強盗団もいたはずだ。狭い日本には馬賊はいなかったけれど、江戸の時代も昭和初期も、そしていまも日本に組織的な強盗団は存在する。いつの時代にも、人々は悪人の危険にさらされている。コスケ君、そのあたりの事、東欧では如何《どう》なの……」

コスケの目が、一段と輝く。

「はい、歴史的にみて、ハンガリーの盆地は大変でした。我々マジャール人（ハンガリーの元の呼称はマジャールと云う）が、ヨーロッパの今のハンガリーに移住する前までのハンガリー盆地には、いわゆるゲルマン民族が農耕を営み、彼等は小さな家族単位程度の集団をなし、まばらに住んでいたはず。そこへ我々の先祖が騎馬民族として徒党を組み、ペシュトの盆地（今の首都であるブダペストのライン川を挟んで北北東方面、ちなみにブダはライン川を挟んで西側対岸である）を占拠したのです。土地を盗んだというより、ほとんど人の住んでいない盆地だったのです。我々祖先が最初に住み始めた時代は、たぶん四世紀の終わり頃だと考えられます」

「コスケ君、間違いないか？」

「はい、大丈夫です、男爵さん。私の大学専攻は経営学ですが、小学校時代にしっかりと自分の国の歴史を習っています。まあ、ほとんど神話で何が本当で何が作り話か、良く分からなくなっていますが……」と言いながら、

（ハンガリーには神話が存在しない。その点、日本はいいなあ。神話があるのだから、日本は素晴らしい。日本人が、うらやましい……）と、コスケは思っていた。

「いいなあコスケ君は……」

コスケの口から初めて聞く『ハンガリーの歴史話』を、素直に受け止めるエセ男爵であった。

「神話を小学校の授業で教えるなんて、すばらしい。我国日本も、あらためて小学校の社会科に神話の話を取り入れてもいいいと思うよ」

「すみません、少し違います。神話ではなく、語り継がれた古い歴史です」と、コスケは言いか

えた。

「宗教も習いますよ。ハンガリーの国教はキリスト教でして、つまりカトリックです。日本ではどうなっているのですか？　仏教を小学校で教えますか？」

「いや、教えない。宗教を学校で扱うのは、たぶん法律上だめなのだ。義務教育では、法律上それができないでしょう。しかし私立の高等学校ではミッションスクールや宗教法人の経営による学校がある。そこでは宗教の授業はあるはずだ。なあ、ひでみさん、君はミッションスクールの女学校の卒業だよな？」

「はい、男爵さん。そうです。行ったのはカトリックではなく、米国系の新教の女子高と同じ大学でした。宗教の時間はありました。聖書を読んであれこれ教えて下さいました。音楽の時間には必ず讃美歌を歌わされました。今はほとんど忘れていますが、讃美歌の中には、たいへん美しいものがあります。その歌は今でも、朝起きた時、時々ですが、独りで口ずさんでいます」

ここでコスケは思った。

（どうやら自分は、キリスト教に馴染めない……）

そして、ひでみに質問した。

「自分はキリスト教です。ひでみさんの宗教は仏教ですよね。なぜミッションスクールに通ったのでしょうか？」

「そうです。私の両親のお墓は広島市の郊外にあります。そして学校はキリスト教系の私立高校に通いました。けれども私の信仰と、通った学校とは関係ないですよ。さらに付け加えれば、仏教の事もほとんど分かりません。お墓参りに行くだけです。お盆が来れば、『盆灯篭《ぼんとうろう》』を買って、お寺に持って行き、それぞれのお先祖様のお墓の前にたてます。そんな程度です」

「まあ、基本的に私は、ほとけ様も神様も拝まない、平均的日本人の無宗教な人間でして……」

コスケは始終、笑みを浮かべながら、ひでみの会話に耳を傾けていた。

「ひでみさんがうらやましい。けっしてキリスト教徒ではない。ひでみさんの知らない間《ま》に、知らず知らずの間《あいだ》に、心身ともに仏教徒なのですよ。私は少しですが、仏教を大学の一般教養課程で履修しました。キリスト教の『神様』と仏教の『ほとけさま』の考え方が違っていて、まだまだよく分かっていませんが、私は『仏教の教え』の方が好きです……」

国籍と人種と性別と年齢の異なる、ひでみとコスケの間で、小さな宗教談義が始っている。

そこでエセ男爵が言葉を挟んだ。

「宗教のことは、もう一度あらためて話しましょう。話題を当時の満洲と日本の、生活文化のテーマに戻しましょう。ひでみさん、昭和初期に満洲國ができた。あれ、いつでしたっけ？」

どちらかと言えば不得意な宗教の話で気分が乗らず、朦朧としていたひでみは息を吹き返し、元気に神経集中し始める。

「満洲國の建国は、一九三二年（昭和七年）の三月一日……」

「メンバーのみなさん、お手元の資料の中、私が用意した五枚の資料の最初の一ページ目をご覧ください。簡単に満洲国の成り立ちを纏めてみました」と、ひでみの話が始まった。

（四）

国名を『満洲國』といい、西暦一九三二年（大同元年、昭和七年）から西暦一九四五年（康徳一二年、昭和二〇年）の間、満洲（現在の中国東北部）に存在した政権（ウイキペディアより引用したところ、国家と称されていなく、政権と称されている）である。

建国の後、行政の長は『満洲國執政』と言い、愛新覚羅溥儀（あいしんかくらふぎ）による皇帝即位は、一九三四年三月一日。

帝政移行後は、『大満洲帝国』あるいは『満洲帝国』などと呼ばれ、日本（朝鮮、関東州）および中華民国、ソヴィエト連邦、モンゴル人民共和国、蒙古連合自治政府（後に蒙古自治連邦政府）と国境を接していた。

長くもあり短くもある満洲國の歴史は、次の通り、

清朝末期すなわち、日清戦争終結時点の西暦一九〇五年・明治三十八年から満洲事変勃発の西暦一九三一年・昭和七年までを国家成立前夜とし、その翌年（西暦一九三二年）建国から終戦（西暦一九四五年）まで、満洲國の歴史が存在した。と、考える。

『満洲國の場所と大きさ』など、

「先ず、場所は、現在の中華人民共和国の東北部にあたる……」

メンバー全員は真剣に、ひでみの用意した地図に視線を落とす。

「おおよその見当で分かりやすく言えば、現在の北朝鮮国境から西北部の一体にかけて、北はほぼ現在のロシア国境から蒙古国境にかけて、南下するとおおよそ万里の長城ラインから北の区域。東の行き止まりは錦州から山海関で行き止まり。といっても実際にはお配りしました手元の地図を参照下さい」

メンバーは全員、食い入るように地図に目を取られる。

「位置はわかった。で、満洲はどのくらいの大きさだろう」

と、ため息交じりに、トーマス青木が喋る。

ひでみは、

「満洲國の国土面積はかなりのものです。資料を参照して下さい……」

『満洲國の国土面積』＝　百十三万三千四百三十七キロ平米
尚、一九三三年度より面積は国境の変動により、
　　　　百十九万一千キロ平米　となる。

「因みに、現在の中華人民共和国の国土面積は九百六十三万四千五十七キロ平米、とあります。これは、当時の満洲國の総面積は、現在で比較すれば、今の中華人民共和国全体の十二パーセント強

の割合になります」

「なるほどなるほど……」

「清朝末期から中華民国に変遷する過程で、チベットはインドからの繋がりで当時大英帝国の影響が強かった地域でした。さらに今問題となっている新疆ウイグル自治区は遠すぎて広すぎて、当時の蔣介石や毛沢東にとっては範疇外でした。だから今の中華人民共和国の領土から差引き勘定すると、結局昭和初期の当時は、約三十五パーセント近くの面積が満洲國だった。ともいえるのです」

「ワアー、これはでかいぜ」

「男爵さん、ついでに他のデータと比較すればもっと明確になります……」

「三十七万七千九百九十四キロ平米が、今の我国日本の総面積です。これは、日本の約三倍の国土面積です。インドは三百二十八万七千五百九十キロ平米がインドですから、比較すればインドの三十六パーセント、やはり満洲はたいへんな大きさだったのです」

「満洲事変のあと、約三、四ヶ月間でこれだけの面積を占領した当時の関東軍は、信じられないほど優秀な兵隊さんの集団だったのか、あらためて理解できる……」

と呟きながら、エセ男爵は独りで感心する。

「次に、人口をみてみます。データを開いて下さい……」

『満洲國人口』＝一九三十三年（昭和八年）　三千三百六十九万七千九百二十人
一九三十七年（昭和十二年）三千六百九十三万三千二百六人
一九四十二年（昭和十七年）四千四百二十四万二千人

「ちなみに当時の日本の人口データを見てみますと……」

『日本国人口』＝一九三十三年（昭和八年）　六千七百四十三万二千人
一九三十七年（昭和十二年）七千六百三万人
一九四十二年（昭和十七年）七千二百八十八万人

「このデータから満洲の人口は、毎年百万人ずつ増加していた計算になる。尚、昭和八年の日本の人口データから、十七年までの九年間で、約五百四十四万人の増加にて、年間六十万人以上、人口が増加していた時代でした……」

「なに？　毎年一、二パーセントの人口増加？　満洲は百万人ずつ増える。今なら考えられない、信じられないほどに、すごいよね……」

「男爵さん、そうです。当時の我国の経済が成り立つためには、新天地の満洲が必要でした……」

「ひでみさん、これでいくと増加分の人口が、ほぼ全員新天地満洲に移住した計算になるのだが……」

「違います男爵さん。満洲は日本人以外にもアジア大陸全土から、いや世界から、移民が入ってきたのです」

「そうか、ひでみさんの言うとおりだ……」

「資料の通り、当時の日本人の移民や移住と言えば、ハワイ諸島が有力でした。広島からも多くのお百姓さんがハワイのみならず北米、中南米へと移住されています。先日広島で初回のミーティングをした翌日、私は独りで『旧日銀広島支店』の地階の『移民資料展示』コーナーを覗いてきました。明治維新以降、広島県民が、というより中国（山口、島根、鳥取、広島そして岡山の五県下）地方から、いかに多くの人たちが海外へ移住されているか。その資料が展示されています。でも残念ながら男爵さん、なぜか肝心の満洲國移住の資料は展示されてなかったように思います。相当多くの広島県民が移住したという当時の外務省データに記録されているのですが、どうして満洲移住の記録がないのでしょうか？」

「ひでみさん、やはり君は旧日銀に行ったのだね！　さすがですね。原爆資料館と並行して、日本人と広島県民にとっては、たいへん重要な出来事が移民です。展示資料は今一つ少ないのですが、お役所の意図するところは分かります。満洲移住の記録は残っていないのかどうか、意図的に展示されていないような気がします」

当時、広島県から満洲への移住データは残っている。但し昭和二〇年度五月現在、

都道府県別『義勇隊開拓団』人員表より抜粋

一位、長野県　＝　三万七千八百五十九人
二位、山形県　＝　一万七千一百七十七人
三位、熊本県　＝　一万二千六百八十人
八位、広島県　＝　一万一千一百七十二人
十七位、山口県＝　六千五百八人
十九位、岡山県＝　五千七百八十六人
三十位、大阪府＝　四千一百五十五人
四十位、鳥取県＝　三千三十六人

以上、合田一道著『検証・満洲一九四五年夏』発刊扶桑社二〇〇〇年より抜粋引用する。

ここでトーマス青木が会話に入った。
「ひでみさん男爵さん、満洲の人口のテーマに戻って宜しいですか？」

「はい、トーマスさん、どうぞ……」

「当時の満洲には種々雑多な民族が雑居していたと聞き及んでいます。先ず、満洲人が居たでしょう。蒙古人も、当然ながら漢民族がいた。加えて朝鮮半島から相当多くの朝鮮人が流入したはずです。データがありますよね、ここに……」

トーマス青木はじめ、一同ひでみの配布した資料に目を移す。

「ここに、柴田しず恵・編、佐久間真澄著『記録満洲国の消滅と在留邦人』という書籍の五六ページ（より引用）に、昭和二十年八月のソ連軍が満洲に侵入した時、どのくらいの日本人が満洲に居住していたか、についてほぼ正確な数字が把握されています。ここで言う満洲邦人は、おおよそ百五十五万人でした。ならば、昭和十七年当時の満洲國人口七千二百万人のおおよそ二パーセントです」

「なんだって、ひでみさん、意外と少ないのだね」

「そうなのです。トーマスさんのおっしゃる通り、日本人の比率はたいへん少なかった。まだまだ十二分に、日本人が満洲に移住できるキャパシティーはありました」

コスケも会話に参加し、

「もっともっと、日本から満洲に移り住めば良かったのですねえ。ぼくたちハンガリー人も中央ヨーロッパの地から極東の満洲に舞い戻れば良かったのかもしれないなあ」

「満洲国建国のスローガンは二つありました。『五族協和《ごぞくきょうわ》』を掲げる。つまり満洲人、日本人、蒙古人、漢人、朝鮮人、五つの民族が協力して平和に暮らせる土地が満洲です。すなわち満洲の地は『王道楽土』であって、この『五族協和と王道楽土』が、建国の合言葉でした」

「コスケさん、私は聞きかじったことがあるのです。『ハンガリーの語源』はフン、と、ガリーを合わせハンガリーという発音になった。つまりあのフン族のことらしいです。フン族は確か、四世紀ごろから西へ大移動をはじめ、かなり多くがヨーロッパに入ったと聞いています…」

「はい、ひでみさん、その通りです。フン族は蛮族として、あの時代にヨーロッパにいたのはゲルマン族ですが、フン族の移動でゲルマン族は南下し、ローマになだれ込んでしまったのです」

「そうかコスケ君、発言してくれて、ありがとうなあ。コスケ君の話、みなさん頭の隅に置いていて下さい。チンギス汗からスタートし、十一世紀にアジア全域を制覇した蒙古の帝国『元』が、アジア制覇した民族ではないのですよ。コスケ君が話した『フン族』が先だった。そして忘れないでほしい。満洲の初代皇帝は愛新覚羅溥儀《あいしんかくらふぎ》こそ清朝最後の皇帝で、清朝は満洲を発祥の地とした満洲族が確立した王朝だったのですよ。コスケ君の話は周り巡ってまた満洲に戻ってきたぞ」

メンバー全員、神妙にエセ男爵の小演説に耳を傾ける。

「はい男爵さん、ありがとうございます。続けます……」

そして話題は満洲に戻る。

ひでみは資料の説明を継続する。

「歴史的にみて、満洲の土地には、ツングース系、モンゴル系、扶余系など、多くの国や民族が勃興し、移り変わって住みついた。紀元前から入れ替わり立ち替わり、大陸を制覇した民族によって領有されたけれども、来歴や相互関係については分からない点が多い。多くは漢人による中華王朝の支配下になった時期が長い。十二世紀以降は金、元、明、清と、首都を中国本土に置く、あるいは本土に移した王朝（清朝）による支配が続いていた。その間、あるいは近世になって女真族（後の満洲民族）の建てた王朝として、金《きん》や後金《こうきん》など、後の清が成立し、満洲を領有しているのです」

さらに近世になり、清朝による中国支配（一七世紀半ば）になって満洲族の中国本土への移出が継続し満洲の空洞化が始まる。空洞化を埋めるべく漢人による逆移動を政策化し、西暦一六四四年より一連の遼東移民開墾政策を実施した。この施策は二十四年間も継続したけれども、西暦一六六八年に停止される。その後、西暦一七四〇年に満洲をアイシン国（満洲語で金国）創業の地として本格的に封印され、漢人の移入は禁止され、既に開墾された私墾田は焼き払われ流入民は移住させられた（封禁政策）。満洲貴族の旗人たちも首都北京に移住したため満洲の地はほぼ空白の地と化していた。しかし十九世紀に入ってから封禁政策は形骸化し、満洲地域には無数の移民が流入する。このころ中華大陸の周辺地域であるモンゴルやロシア等からの流入も始まる。

日本の満洲に対する関心はすでに江戸時代後期には経世家の佐藤信淵が満洲領有を説き、幕末の吉田松陰等も似たような主張をした。明治維新後の日本は、日清修好条約（西暦一八七一年明治四年）によって清国と対等な国交条約を締結した。

その後、日清日露戦争を経て、日本と満洲の関係は大きく進展するが、これは後の軍部関連のテーマに譲る。

ひでみが続ける。

「私の個人的な感想ですが、満洲へは多くの朝鮮人が流入したはずです。しかも日韓併合後に日本の国籍ないし日本名を有し、日本人として満洲に入り、満洲人や漢人たちと揉め事が起こり、大きな社会問題となったらしく、状況としては、悪い方に想像可能です」

「ひでみさんの想像通りだろう。他の満洲関連の本によると、当時、満洲との国境の無い朝鮮半島から多くの朝鮮人が満洲に移住して、漢人や満洲人に対して威張り散らしていたから相当嫌われたそうだ。そうだよな、ひでみさん……」

「はい、男爵さん。おっしゃる通りです。私もそう思います。それで話は、当時の満洲に渡られた日本人の生活文化の話題で締め括りたいのです……」

（私が渡満したのは、奉天（今の瀋陽）まで、東京から昭和七年八月、二等車で六五円、三等車で三十円くらいだったと記憶している。（編者柴田しず恵氏より、五十六ページ第一節邦人人口）当時初任の警察官の給料が三〇円くらいだったから、安いといっても一ヶ月分の給料相当だったわけで、今考えるとやはり相当な旅費となる…）

右、柴田しず恵・編、佐久間真澄著『記録満洲国の消滅と在留邦人』より戦前の日本人にとって、大陸の移住往来は「自満洲國制定後由の原則」であった。安東に税関があったものの、居住旅行は自由であったから旅券などの必要はなく、東京から新京までの乗車券を買えば、なんらの手続きもなく、そのまま新京に到着した。

大連の街は、明治三十八年（西暦一九〇五年）日露戦争勝利の後に、遼東半島の南端に位置する『関東州』の租借権と東清鉄道の一部分がロシアから日本に譲渡された。さらに昭和六年（西暦一九三一年）に始まる満洲事変から満洲國建国の隆盛により、港湾都市旅順と大連は、名実ともに日本の『大陸進出の橋頭保』を確保したことになる。

こうして大連は、ロシア帝政時代には第二埠頭を除けば一面の原っぱにしかすぎなかったけれども、日本の統治が始まってからは街作りが一挙に始まり、わずか十数年でアカシアの花咲く瀟洒な港街が出来上がった。また清朝の初代皇帝・太祖ヌルハチが未だ国名を金（後金）としていた頃の首都だった奉天は、満洲国成立後には工業地区や新興住宅が計画的に建設され、一大経済都市として発展していった。

奉天には、清朝の遺した旧跡と、新たに造営された近代的町並みが混在する南満州最大の都市に育った。

満洲國建国に際し、長春は新京へと改称され、満洲の国都に定められる。壮大な構想のもとに、東アジアの大地に忽然と、蜃気楼の如く大都市が現実のものとして出来上がった。さらにハルピン

（哈爾濱）は、ロシアのロマノフ王朝時代、東方計略の基地（ベース）として築かれた街で、ロシア時代には毎晩夜会や舞踏会が繰り広げられ、栄えたロシア帝政時代の遺産の街である。帝政崩壊後には共産主義体制を嫌うロシア人が『祖国を失った流民』の如く哈爾濱《ハルビン》に住み着き、加えて世界各国から三十以上もの種族や民族が生活した、一大国際都市として独特の文化を育みつつ、繁栄を極めた。

「なにはともあれ当時の満洲は、欧米をひっくるめた中でも、世界中に誇れる、アールデコ時代の『夢の新天地』だったはずです。そうそう、男爵さんはご存知ですね。元陸軍大尉の甘粕正彦氏は、満洲で映画芸術の花を咲かせているのです。それに、李香蘭、日本名は山口淑子。これこそ大陸で有名になった映画女優ですよ。も今は、話が長くなるから、芸能の話は後に譲りましょうね」

ここで、トーマス青木が聞いた。

「なるほと、ひでみさんありがとうございます。満州の概略が分かった。ところでさぁ、日本からたくさんの開拓移民が満洲に派遣されたのは事実だ。一体全体開拓開墾のために渡った人たちは、農作物として何を育てておられたのだろう？」

「はい、うっかり忘れていました。一にも二にも、それは大豆でした」

どちらかと言えば、満洲の土地は寒すぎて大豆の生産には不向きであった。しかし、そこは日本の卓越した農業技術が功を奏した。品種改良が成功し、冬場は零下五十度にもなる極寒の地満洲に於いて、大豆の生産は成功し、食料として満州全土に日本はもとより、欧米にも大量に輸出したと記録が残されている。

大量の物資を満洲の奥地から大連港に搬出できたのは、ひとえに満州鉄道の輸送力に在った。わずか十数年で、満洲國は驚異的な発展を遂げ、日本の指導はことごとく成功していたのだ。

①アールデコ

Wikipediaより、引用。

アールデコは1925年に開催されたパリ万国装飾美術博覧会で花開いた。博覧会の正式名称は「現代装飾美術・産業美術国際博覧会」(Exposition Internationale des Arts Decoratifs et Industriels modernes)、略称をアールデコ博といい、この略称にちなんで一般に「アールデコ」と呼ばれるようになった。また「1925年様式」と呼ばれることもある。

世紀末のアール・ヌーヴォーは植物などを思わせる曲線を多用した有機的なデザインであったが、自動車・飛行機や各種の工業製品、近代的都市生活といったものが生れた時代への移り変わりに伴い、進歩した文明の象徴である機械を思わせる、装飾を排除した機能的・実用的なフォルムが新時代の美意識として様式化した。

世界中の都市で同時代に流行し、大衆に消費された装飾でもある。富裕層向けの一点制作のものが中心となったアール・ヌーヴォーのデザインに対し、アールデコのデザインは一点ものも多かったものの、大量生産とデザインの調和をも取ろうとした。アールデコの影響を受けた分野は多岐にわたり、広まった。

② カルパチア山脈

Wikipediaより、引用。

この山脈は東と西に位置することにより、アジアとヨーロッパ、東洋と西洋の境目とされる。

主にスロバキア、ポーランド、ウクライナ、ルーマニアと、周辺のチェコ、ハンガリー、セルビアにまたがっており、全長約1500km。スロバキアのブラチスラヴァ付近から北東に延び、東、南東へ向きを変えてルーマニア中部のトランシルヴァニアに達し、さらに西、北へと向きを変える。

最高峰はスロバキアの最高峰でもあるゲルラホフスカ山(2663m)。アルプス・ヒマラヤ造山帯に属する新山系だが、アルプス山脈ほど険しくはない。

岩塩、天然ガス、石油、鉄鉱石、貴金属などを産出する。第一次世界大戦のころオーストリア軍とドイツ軍が冬季にナポレオン張りに山越えを敢行し、ロシアに戦わずして八十万人の損害を自爆して出したことがある。

第三章

日本人の宗教観

（一）

「想えば、あの時が初めてだ。人間と動物の違いを発見した……」

いつものエセ男爵の『独り言』が始まった。

（さて、今から何を喋るのだろうか？）

メンバーは皆、耳を傾けている。


「かれこれ四十年前になるか。旅行会社に勤務し、何もかもが面白かった頃だ。訳あってインドからネパールに旅した時のことだ……」


某大手運送会社の海外旅行事業部門に所属していたエセ男爵が、まだ二十代の後半だった頃、航空会社による団体旅行プロモーションのための、インド行きの招待旅行があった。メジャーの航空会社によるお洒落で贅沢のできるデスティネーションの招待旅行には、招待のあった店または部や課のトップが自ら参加する。だから滅多なことで若手社員にはチャンスが回ってこない。という悪しき？　習慣があった。

「なんだ、インドの旅行か。めちゃくちゃに暑いらしい。肝心のメシは辛過ぎて口に合わない。俺は行かないよ。誰か若手に行ってもらえ！」

ひとまず運良く？　上司の選に漏れる。

「いい機会だから、あの新人類の彼にはどうだ？　この際、がんばっている若者に行ってもらえ」という案配で、難なくエセ男爵に、インド周遊十日間の旅の招待旅行の順番が回ってきた。

今もそうであるが、海外旅行商品の渡航先として、インドは特殊なデスティネーション（渡航先、あるいは旅行目的地）なのだ。ロンドンからパリそしてローマの様な人気渡航先にはなり得ない。したがって特別な目的を持ったグループ、例えば、仏教会等の寺院関係者、大学などの学術研究者の集まり、又はインドに関連のある企業、又はネパールの場合は登山愛好家等を対象にするほか、旅行の企画はできない。集客の難しい旅行先であったが、当時のエセ男爵には好奇心の的であり、是非この機会にインドの勉強をしたかった。研修旅行の募集が発表されると同時に、さっそく上司に参加したい旨を告げ、意志表示する。

平素から真面目に仕事に取り組み、顧客からの評判も良く、営業成績の良いエセ男爵は上司からの信頼も厚く、直ちに研修旅行の許可が出た。

「しっかり勉強してこい。休暇だと思って酒を飲み過ぎるな。カトマンズは高地だからな、アルコールが入るといっぺんに酔いが回るぞ、変なもの食べるなよ。不潔なところだから伝染病に罹らないよう、十分に気を付けたまえ……」

いつもは口うるさいけれど、いざとなるとあれこれ気を遣って指導する、親切で頼りがいのある上司がいた。

「はい、ありがとうございます。しっかり勉強してきます……」と張り切ってインドとネパールの研修旅行に参加した。彼は仏教会やそれに準じた宗教関係者たちが好んで訪問するお釈迦様ゆかりの地を尋ねたかったが、研修旅行の訪問先は首都のニューデリーと古都デリー、ジャイプール、アグラ、さらにネパールまで組み入れられ、首都カトマンズに滞在。さらにエクスカーションでポカラへ。極めつけは、パキスタンとの国境カシミール地方のスリナガールを巡る、といったヨーロッパ人向けに組まれた贅沢なツアーに参加した。

カトマンズ滞在中、ポカラの日帰りエクスカーションツアーに参加する。

時は今から約四十年前、一九七〇年代の始まった頃、壊れないのが不思議なくらいに老朽化したドイツ製の小型バスに乗り込み、夜明け前からカトマンズのホテルを出発。舗装のされていない道を数時間揺られ、山岳地帯に近いポカラに到着した。

残念ながらその日は霧が濃く、いつまでたっても霧の晴れる時間帯は無く、ヒマラヤ山脈は一切見渡すことができなかった。

「冬場にならないと、山脈の見える日はほとんどありません」

と、後になってガイドが説明した。

周遊ツアーの参加者は、小さなホテルの食堂で遅い朝食をとる。

その後、ポカラの町を自由散策した。

エセ男爵は単独で行動し、小さな谷川の崖淵に建てられた野外レストランに入った。川幅は約二十メーターか、このレストランの対岸には、鄙びた村の民家の庭先が見える。

（なんと、いい眺めではないか。すばらしいぜ）

（この風景と同じような絵画をバリ島の観光地で売っている。ここはバリ島の絵の中の村の雰囲気と同じだ）

（この中庭の情景こそ理想郷の姿ではないか。一幅の絵画を観ているようだ……）

旅先で自由行動中のエセ男爵はその時、感動のあまり、いつもの『独り言』が出てきた。

そして今回のプロジェクトメンバーに、その時感動した彼自身の心の中を、おもむろに説明し始めた。

「そこには微風《そよかぜ》あって小枝や葉っぱが靡《なび》く。わずかな風が無ければ、全くの静止画像である。いや、風景そのものが静止画面だと思っていたら、動く物体がある。それは、昼寝から目が覚めた中型犬が一匹、さしたる用事もないのに中庭を嗅ぎ回りながら徘徊している……」

エセ男爵は、約半世紀も以前のインド旅行の情景を瞼に浮かべながら、穏やかに語り始めた。

「にわとりも数羽いるか、暢気《のんき》に地べたの餌を探して啄みながら、庭の隅々を歩き回っている。ウサギも垣間見える。これらの生き物は、この中庭の主に飼育されているようだ。庭の木々にはリスの番《つがい》の姿があり、別の木々の小枝からは、小鳥の姿が見え隠れし、数羽の小鳥がさえずる音声は、長閑《のどか》この上ない。しかし、人影は無い。その村の人々は皆、昼寝でもしていたのだろうか……」

（……！？）

朝食会議の終わったメンバーは、エセ男爵の思い出話に耳を傾けながら、遅い午後のランチタイムに入る。それぞれの腹具合に合わせたランチを楽しんでいた。

「それで男爵さん、そこで何が起きたのですか？」

「人と動物の違いは如何《どう》だったのですか？」とトーマス青木が尋ねる。

「そう、みんな聞いてくれたまえ」

「どうぞ、拝聴します。男爵さん……」

「そのうち数頭の山羊まで庭に入ってきた。彼等も飼われている家畜なのか……」

「異なる動物が、午後の木漏れ日が降り注ぐ庭の佇まいに溶け込んでいる。おおよそ二十畳敷き程度の広さの中庭に住んでいる、皆それぞれ知り合いの生き物なのだ。単なる知り合いではなく、ファミリー（家族）であるか」

「異なる動物たちが同じファミリーなのだと、それに気が付いた時、私の心は熱くなった」

「平和な地球の縮図がここにある。実にすばらしい！」

ここまで喋ったエセ男爵は、グラスの水を少し飲み、一息つく。

「そこで思ったねぇ、それぞれの動物と人間と、どこが違うのか？　やっている事は、寝て、食べて、食足りたらまた寝る。どの動物たちもその時期が来て、その気になればセックスをする。人間もそうだ。寝て、食べて、また寝る。その気になれば動物と同じように性行為をする。何ら変わりないではないか……」

これだけの異なる動物が寄り添って、限られた庭という場所に集まり、皆それぞれが長閑《のどか》に過ごしている様子を視たのは、エセ男爵にとって初めての経験だった。

「これこそ、桃源郷に入っている気分だった。我ながら喜んだねぇ……」

「なるほど。で、次に、どうなったのでしょう……」

トーマス青木が気を利かせ、言葉を入れた。

「でね、私はまた考えた。そして、はたと気付いた！」

「……？」

「それはねえ、人間は過去を思い出したり、明日のことを考えたり、つまりその場限りではなく時間の経過と、その前後を思い起こしたり、考え出したりする能力がある。つまり思考回路の中で、動物には、何百日間？　何十日間とか何十年間とか？　日数の計算などはできないだろう……」

「そうですよね、せいぜい昨日の記憶くらいで、長期間の日数計算など、他の動物にはそれはできないでしょう……」

「実はね、そこから先が重要で、そこが私の思いついた人間と動物の相違点だ」

（……?）

ここでエセ男爵は声を低く落とし、神妙な表情に変わった。

「それは、宗教だ」

（……?）

メンバーは全員、エセ男爵が発したこの一言が、何を意味しているか、とっさに理解できなかった。

「宗教は、他の動物には考え付かない世界だろう?」

「なるほど、そうですね……」

「人間は、とてつもなく変なことを考える生物だ。その変なことが、宗教なのだ。一番先に人間が想ったこと、つまり宗教らしき行動は、自然崇拝でしょう? 自然界存在するものは何でも神様にしてしまう。山、海、川、大きな木、岩、等々、中身が宿っていると考え始めた。それは、犬や猫には思いもよらないこと、考え付かない頭の使い方でしょう。それが多神教というものなのでしょう?つまり自然界のものを畏れ、そして敬う。崇めたてまつる。それが宗教の始まりでしょう……」

トーマス青木は、ここで、ようやくエセ男爵の「言いたい事」が理解できた。

いつも突飛な始まり方をするエセ男爵の会話には、時系列がなく、時には主語の無い文言の羅列から始まる。いつもながら、テーマが良く解らない会話が飛び交い始めるのだ。

「そうか、男爵さんが訪れたネパールのポカラの村で、人間とは何か？　について目覚めたのですね。なるほど……」

四十数年前の思い出に真剣に向き合い、そして人間と他の動物との違いを真剣に語る。そんな彼の独特な宗教の捉え方、その姿勢に敬服したトーマス青木は、あらためてエセ男爵に敬意を表し、思わず笑みを浮かべた。

少し語りつかれたエセ男爵は、休むことなくレクチャーを再開しようとする。

「さらに、考えたことを周囲に伝える『ことば（言語）』は、人間だけが持っている道具だ。さらにそれが発達して、文字になる。ここが大きな違いだよ……」

気を利かせて、ここでトーマス青木が間合いを入れる。

「男爵さん、バトンタッチして下さい。私がお受けしましょう」

「おう、トーマス君、ではお願いします」

「男爵さん、了解です」

「ここは、ホモサピエンスの成せる業ですね。ネアンデルタール人は、音声によって伝達する技は、肉体構造上ホモサピエンスとの喉の構造が異なり、会話となる音声の微細な表現、それができなかった。次第にホモサピエンスにとって代わられ、彼等は徐々に地球上から絶滅した。と云われています」

「さらに人類（ホモサピエンス）は、文字を発明。文字によって伝達能力は一段と向上し、そこに人類初の文明が生まれ、今日に至ったのだ。と私は考える……」

と、トーマス青木は、人類の起源ホモサピエンスとそれに継続する文字の発明に関る話をする。

「トーマス青木君、ありがとう。それでいいと思いますよ。結構詳しいねえ……」

「で、男爵さん。宗教は何処でどうなるのですか？」

と、今度はひでみが聞いた。

「言葉ができて、情報伝達能力が一段と向上する。そうすると過去を振り返り未来を想像する。自分の家族や周りの人間の生死、幸と不幸の因果を考える。その古代の時代には、幸、不幸と死後の世界など、原因結果が把握できない」

「となると全て、自然界の得体のしれない姿の見えない不思議な力に、その原因をゆだねた。それが自然崇拝の始まりで、すなわち宗教の始まりでしょう……」と、エセ男爵は続ける。

さらには情報が特定の場所から遠隔地へと伝わる。音声での話し言葉から文字が生まれた。情報伝達機能はより正確に早く、文字の使用によって遠隔の地にも伝えられ、さらには文字を保存することにより、情報は未来世界にも伝達されるようになった。

　このようにして言語と文字によって、人間の精神活動は、より複雑に緻密に進歩していき、自然崇拝信仰が昂じて神話が生まれる。ギリシャ神話、ユダヤ人の神話からユダヤ教さらにはキリスト教へ、世界の一神教の基礎となる。さらには後のイスラム教も、その発祥の起原を同じくする。日本の神道はどうか？　ユダヤ教の神話と、日本の神道の物語と共通点が多いと聞く。


「宗教はさ、すなわち信仰となるのでしょう？　実は私自身、信仰のことは、よく分からないのだ。宗教とは、つまり思想であり、哲学だ。と今でも思っている。ご先祖さまのお墓が仏教寺院にあっても、『ご先祖さまを粗末にしてはいけない』という一心で、お寺に出入りさせて頂いている。ただ、それだけだ……」

　と、ここまで語ったエセ男爵は、上着の内ポケットからメモ書きを取り出した。


「仏教伝播の経緯から、時代の流れにより変遷していった『時の政権と仏教の関わり』など、すこし纏《まと》めてみました」

「これは我々の共同研究テーマである『パール博士の石碑』の由来を調査するには欠かせない、大切なポイントがいくつかあるけれど、その最右翼が日本の宗教、日本史の中での仏教と、その時代から次の時代へと、それぞれ時の為政者との関わり方が変遷してくる、それが我国日本での仏教の歴史でしょう」

「今から説明させてほしい」

と、エセ男爵はメモを見ながら、解説を始める。と同時に、コスケはエセ男爵のメモのコピーをメンバー全員に配る。日本における宗教の歴史と関連して、ひでみが調査した現代の日本の宗教関連の資料もある。

こうして、ひでみが補助役にまわり、エセ男爵が講師をする宗教史のレクチャー（講義）が始まった。

（二）

「日本の宗教を『歴史の流れ』でとらえる前に、皆さんの意見を聞いておきたいことがあります」

「日本人は、無宗教な国民である。という外国人の通評がある。しかしそれが本当かどうか？皆さんどう思いますか？」

確かに海外旅行に出かけたときとか、学校などで外国人と討論会などが始まると、決まって宗教についての話題になる。外国人との議論であれこれ突っ込まれると、日本人は答えられなくなるという状態から、外国人の眼には日本人が宗教に対して希薄な民族だと映っているのか？

いや、そうではなく、日本人の多くは討論形式の場になると喋りたがらない人が多く、ましてや自分の知識不足のテーマとなると、引っ込み思案になる。しかし、宗教心とか信仰心が高いか低いかとなると、人ぞれぞれである。だから押し並べて、その平均値とか全体像をいわれれば、よく解らなくなる。


代わってひでみが、彼女自身の調査データを述べ始めた。

「ここにデータがあります。まんざらでもないのですよ、我々日本人の信仰心は……」

ひでみから配られた資料に、メンバーは興味深く視線を落とす。

「日本人の近年の参拝志向とでもいうか、それなりの数字があるから皆さんに紹介しておきます」

と、データの説明に入った。

「このデータ上の数字は、数年前に神社仏閣を管理する政府機関によって発表された数字です。間違ってはいないと思いますが、あくまでも神社や仏閣の側から提出された数です。ですから、ある意味で重複している数字だと解釈して下さい」

数字を見たコスケが、まず驚いた。

「ええ？　こんなに多くの人々が神社にお参りしているのですか！」

ひでみの数字を見ておきたい。
「まず我が国には宗教法人はいくつあるのでしょうか？　数字を見て下さい」
神社法人登録件数　＝八万五千二百三十四件
仏教法人登録件数　＝七万七千五百七十二件
「なんと、神社仏閣併せて十六万二千八百六件の宗教法人件数。これが多いのか少ないのかよく分かりませんが？　この中には、新興宗教もあるのでしょう？　因みにここで、平成二十七年（二〇一五年）の国勢調査による人口を基準として推定した令和元年九月一日現在、『日本人の人口は一億二千六百十五万人』と、お伝えしておきます」
「そして、どのくらいの人々が神社仏閣にお参りしているのか？　数字があります」
年間神社参拝者数　＝一億八百四十二万七千百人
年間寺院参拝者数　＝八千七百五十万六千五百四人
数字を調べたひでみ自身も驚いている。

「日本人の総人口以上の人々が、神社仏閣にお参りしている。つまり年に一回以上、お宮やお寺にお参りしている。これこそが日本人の宗教に関しての数字が示す現状なのです」

「ついでに最も参拝者さんの多い神社と仏閣、その参拝者さんの数もお知らせしておきますよ」

年間神社参拝者数（明治神宮）＝　三百十四万人
年間寺院参拝者数（成田山新勝寺）＝　二百九十八万人

「ひでみさん、神社は初詣が多いのだろう？」

「はい、男爵さん、そうだと思います」

「そして国民にとって、神社と仏閣にはそれぞれ異なる目的があるようです」

「葬式は、神社が四パーセント、寺院が八十五パーセント……」

「結婚式の様な祝い事は神社が圧倒的に多く、葬儀はお寺の担当でしょうか？」

「宗教だから信じなければ意味がなく、どちらをどれだけ信じるかとなると、神社の神様が三十三パーセントで、仏教の仏様が四十九パーセントです」

「なんだって、ひでみさん。神道の神様より、仏教の仏様の方が、より信頼度が高いということか？」

「おもしろいですねえ、なぜ信じていない神社で、おみくじ買うのでしょうかねぇ？　あ、お寺では、おみくじを売っていないのですよねぇ」

「いやひでみさん、私の知っている宮島の真言宗の大きなお寺では、三六五日いつでもおみくじを売っていて、このお寺にお参りに来る人たちは、十人のうち九人、必ずおみくじを買っています。いつも観光客でにぎわっていますし、特にお正月になると大変な人でにぎわっていますよ。そしてこの五、六年、外国人観光客とくにヨーロッパ人が、倍々ゲームで増加しています」

「そうですか、男爵さん、大きな伝統のある寺院では、神社の機能を併せ持っているのですね？古い寺院の姿が残っているのでしょうか？」

「そうだと思います」

「明治時代に廃仏毀釈《はいぶつきしゃく》で整理整頓されたのか？！　と思っていたら、なんのその、宮島の大聖院《だいしょういん》さんには江戸時代から以前室町時代の、いやそれ以前の平安時代までさかのぼる、古い仏教寺院の姿が今も尚、存在する。真言宗大本山大聖院の本来あるべき年間祭事に加え、檀信徒の協力による催し物が寺の境内を活用してとりおこなわれ、一年中賑やかな佇まいを呈しています」

と、熱のこもったエセ男爵は本論から脱線してしまう。

「でもねえ、ひとつ確実に分かったことがる。それはね、明治以前の時代、つまり江戸時代の仏閣はさ、いまでいうアミューズメントパークだったに違いない。家族そろってお参りに来る。仕事仲間が打ち揃ってお願いやお礼参りに参上する。カップルが無事添い遂げられるよう、お願いに来る。いろんな仏像にいろんなお願いをする。そしてお参りの締め括りに、おみくじやお守りを買って帰る。夢があって楽しさ一杯の、老若男女だれでも楽しめる遊園地であった。宗教とは、気軽に楽しみながら、日常の生活にメリハリを付ける行為なのか？　と、大聖院さんにお参りする中で気が付きました……」

そしてエセ男爵自ら、

「話題を本論に戻そうか？　いよいよ私から、仏教伝来の時代から近世までの日本の宗教変遷の歴史を話しましょうか？」

そこでコスケとひでみが口を挟む。

「男爵さん、私達に、もう少し発表の時間を下さい。コスケさんからもお話したいことがあるようです」

二十世紀初頭の東アジアと宗教を語るために、前もって東西文化の比較をしておきたい。これにはトーマス青木もエセ男爵も大いに賛成し、ひでみの発言に同意した。

（三）

「まず、ハンガリー人のコスケさんに、今のヨーロッパの若者たちの信仰について、お話して頂きましょう」

日本語会話の上手なコスケである。

しかし、彼のレクチャープランとなっているメモ書きには、メインがハンガリー語、それに日本語をローマ字に書き下ろしたものだ。言葉の違う人々が、互いに何かを伝えたい時、しかも正確に伝えたい時は、今のコスケの手法がよい。知っている互いの言葉を繋ぎ合せ、意味を通じ合わせる作業をする。と同様の方法をとる。その意味で、このプロジェクトのスタッフは、国際的な面々が揃っていた。

コスケのレクチャーが始まる前に今少し、彼の言葉の背景について解説しておきたい。

彼は、エセ男爵のハンガリー事務所で仕事をするかたわら夜間大学に通い、併せて毎週一度は日本語学校にも通った。正式に習った日本語の文法用法は正しく、日本語会話も本格的だ。しかし、いざ、読んで書くとなると、そのハードルは高かった。ましてや彼にとって漢字の運用は、あまりにも難度が高かった。

「ハンガリーの場合、国の宗教、つまり国教はありません。宗教は自由です。でも各自の信仰する宗教、そして宗派は、あります。我家の場合は父親がロシア人で、ロシア正教の信徒です。母はカトリック教徒です。ペシュト側の地下鉄アストリア駅のすぐ近くにある古いカトリック教会のミサに、母はしょっちゅう参列していました」

「コスケ君、私も一度君の母上につきあわされて、たしかあの時はクリスマスのミサだった。厳かに、神父さんがハンガリー語で何やら説教しておられた。とっても荘厳な雰囲気に包まれ、そして圧倒された。説教されている文言の意味は解らないけれど、なんだかありがたく聞き入って、時間の経過を忘れ、時計を観れば二十分以上教会の中にいたか？　そんな記憶がある」

「すみません、男爵さん。母に、そこまで付き合って下さったのですね。ところで男爵さん、仏教の祭事でとなえられる『御経』の意味は、ご存じですか？」

「厳しい質問だなあ。おはずかしい限りだが、実はよく分からない」

「いや、ヨーロッパ人も似たり寄ったりです。ミサで使っている神父さんの呪文はほとんどがラテン語です。私はラテン語が苦手で、ミサで使っている言葉の意味は分かりません」

「仏教の経本は基本的には漢文だ。ひらがながふってあるから何とか読めるが、意味はほとんど分からない」

「ヨーロッパにも仏教の経本があります。サンスクリット語からドイツ語に経典を翻訳している。男爵さん、ドイツ語とサンスクリット語でもう一度、仏教の経典を読まれたら如何ですか？」

「いや実はさ、先代本照寺住職（第二六世住職覚義之師）がまだお元気なころに一度、私に勧めて下さったことがあった」

「……？」

「その時、先代住職が言われたのは『御経が翻訳されたのは大昔のことです。数百年も前にサンスクリット語を翻訳作業した漢文があって、さらに日本語流の漢文翻訳した文章はね、間違いが多くてね。理解不十分な難しいことをいくら唱えても、ダメです。そうそう、あなたはしょっちゅうヨーロッパに行っているのだから、サンスクリット語からドイツ語に翻訳した経典がある。それはきっちりと翻訳されていると聞きます。それを基本に勉強したら立派な経典解釈ができます。よければ、それをやって下さい』とおっしゃった。あの時、お上人さんは私がドイツ語の読解ができると思っておられた……」

「男爵さん、今からでも遅くない！　ドイツ語からさらに英語に翻訳された仏教経典は、確かにあります」

「おいおい、いじめないでくれ。ところでコスケ君はあのクリスマスの時、大学の寮に泊まり込みで、単位を落としそうだった科目の試験勉強をしていたよな、思い出したよ」

「あれ、実は一般教養科目の中の、宗教の単位だったのです」

「そうだったの、で結果は？」

「なんとか単位はとりましたけれど、本当のことを言えば宗教は大の苦手なのです」

あれこれ言いながらも、コスケはしっかりと、ヨーロッパの宗教史を語ってくれた。

「宗教の始まりは全く同じです。日本には神話があって、自然崇拝から始まった。宗教の発生は自然崇拝の神道だったはず。その日本と同じでして、ヨーロッパでも、宗教の始まりは自然崇拝でした。自然界に在るものがすべて神々で、崇めるべき対象だったのです。

ギリシャ神話は、自然を崇めることから始まった『自然崇拝の宗教』とでも言いますか、しかし実際にヨーロッパに影響をもたらしたローマ時代、その時代の始まり以前に、中東地域に大きな文明が起こったのです。それらは全部紀元前の出来事です。アダムとイヴの世界観から始まる『ユダヤ教』が、はっきり言ってヨーロッパ大陸での今の宗教のあらゆるベースとなった。と解釈して、さしつかえありません」

「コスケ君、ユダヤ教とキリスト教は、一体全体どういう関連があるの？　何となくわかるが、さっぱりわからない。この際、教えてくれませんか？」

「男爵さん、非常に関連があります。同じ一神教ですが、ユダヤ教はユダヤ人かユダヤの国に特別に関連のある人でないと『ユダヤ教徒』にはなれないのです。それが『ユダヤ教の難点』でして、それを補い、より一般的に、あらゆる地域で異なる人種の人々でも『キリスト教』は受け入れました。それがキリスト教が発展する始まりです。キリスト教が大きくなったのは、だれでも受け入れたからです。同じ一神教である『イスラム教』も始まりは、おおよそ同じような感じでした。始まりはもっと後世になってからです。手元の資料にチャートがありますからお開き頂いて……」

メンバーは皆、コスケの資料に目を落とす。


紀元前〔ギリシャ時代の神話〕＝現代宗教には影響なし。

「ギリシャ神話は、のどかなものです。後のヨーロッパの進展と、ギリシャ時代のギリシャの隆盛は、関係ないと思います。後から発生したローマ時代と、ヨーロッパとは、確実に関連があると思います」


紀元前〔ユダヤ教〕＝神話が残っている。

アダムとイヴのリンゴの話、ノアの箱舟、十戒。

紀元後〔キリスト教〕＝ユダヤ教に加われない人々を救うため、キリスト教が生まれる、キリストが数々の奇蹟を起こす。

キリスト教徒はローマ帝国から迫害を受ける。
キリストが十字架に磔（はりつけ）の後、復活する。
その後、
弟子（使徒）のもとに集まった共同体が生まれる。
キリストの弟子（使徒）達がキリストの言葉を次々と伝える。
使徒の活動＝キリスト教の基盤となる？
これらの伝承がまとめられて『聖書』となる。

以上、コスケが纏める。
「みなさん、これがキリスト教の生れた小史です。先ず、ローマに根付き、それからヨーロッパ世界に伝播していきます」

紀元三八〇年〔ローマ帝国皇帝・テオドシウス帝〕の時、
キリスト教が『ローマ国教』になる
　　ヨーロッパ全土を席巻する宗教に育つ第一歩となる。

紀元三世紀の中ごろから〔ゲルマン民族の大移動〕始まる。

ローマの滅亡に繋がる。

ゲルマン民族移動により、ヨーロッパ全体にキリスト教が広がる。

「ここまで、キリスト教の発祥とヨーロッパ全土に伝播する、歴史的推移です」


さらにコスケは、レクチャーを続ける。


「ゲルマン民族大移動の引き金は、アジアから西に移動してきたフン族が、ドナウ南岸でゴート族とぶつかり、それらがローマ領に侵入し、暴徒化する」

「ヨーロッパ大陸における『民族の将棋倒し』が始まります。フン族からゴート族へ、さらにはその隣のゲルマン民族を圧迫し、でもってゲルマン民族を南下させ、南に位置するローマ帝国は滅亡に向かって衰退を始めるのです」

さらに、

「ローマの滅亡とヨーロッパの隆盛は、直接的な関連があると思います。蛮族と呼ばれたヨーロッパの住人が、アルプス山脈（実際にはアルプスをよけて）をこえて、ローマになだれ込んできたからローマが崩壊、滅亡するのです。ローマを滅亡させ、ローマで新文明を吸収したゲルマン民族はひと回り大きくなり、再びヨーロッパに戻り、広がりを持つ。時期的には紀元後二世紀から四世紀位まででしょうか？　ローマから持ち帰ったのは物質文明だけでなく、宗教としてのキリスト教を持ち帰ったのでしょうね。最初にヨーロッパ大陸で始まったのが、『ローマカトリック教』です」

まさにヨーロッパの歴史は、キリスト教発展の歴史と言って差し支えない。

そしてコスケは、次のように締めくくった。

「その後、キリスト教は時の権力者によって育まれ、そして利用され、その時代の政権の運営と表裏一体となって、ヨーロッパ社会に浸透していきます」

「ところでコスケ君、イスラム教との関わりは如何だったの？」

「イスラム教は、キリスト教から約五百年遅れて砂漠の都市メッカで起こった『一神教』です。イスラム教の細かい話は割愛するとして、キリスト教との一番大きな関わりを持ったのは『十字軍遠征』の時です。キリスト教とイスラム教の聖地が同じエルサレムの街です。だからそれを奪おうとして、当時のヨーロッパ世界の各王侯たちが挙ってローマ法王に誓いをたて、大義名分のもと、遠く中東のエルサレムへ向けて自軍を派兵したのです。第一回十字軍は西暦一〇九六年から始まり、兵士のみならず聖地巡礼者をはじめ一般民衆までも新天地を求め、遠征に加わりました。そして都合八回も、約二百年間にわたって遠征したのです。別称『二百年戦争』と言います」

「大雑把《おおざっぱ》に言って十字軍遠征の目的は、ローマカトリック教会と当時のヨーロッパ貴族階級の私利私欲から端を発していると考えます」

「聖地奪回とか、聖地巡礼とか、綺麗事を言っていますが、実際には布教にかこつけた中東へ派兵し、そして略奪したのですから、聖地奪回といっても侵略そのものですよ」

コスケは眉間にしわを寄せながら、苦しそうに語る。


「しかし結果として、ヨーロッパ社会がイスラムの世界を知り、文化交流できたことは我々ヨーロッパ人にとって良い結果が生まれたと思います。長年の間ローマカトリック教会に牛耳られて、暗黒時代と呼ばれていた当時のヨーロッパ社会が、十字軍遠征を境に、新しい時代に切り替わる切っ掛けになったといっても過言ではないと思います」

「やがて十六世紀に興った宗教改革は、ローマカトリック教会から枝分れして、プロテスタント系のキリスト教へと発展し、今日における幅広いキリスト教宗派が生まれる切っ掛けとなったのです」

かなり流暢な日本語会話であった。


こうしてコスケは、キリスト教の発生から成長までを紹介した。

「そして今、ヨーロッパ人と日本人とでは、宗教感覚すなわち信仰心は、さほどかわりない。むしろ表向き、ヨーロッパ人やアメリカ人には見えていないだけで、日本人の宗教感のほうが欧米人よりより篤く、より身近な存在で日常的だと思います」

現在のヨーロッパ人の宗教感に対し、コスケ自身の感想を述べ、彼はレクチャーを締めくくった。

ここでミーティングは小休止となる。

十分間トイレ休憩した後、エセ男爵による日本の宗教の小史解説が控えていた。

（四）

「皆さんもう少し頑張りましょう。では、男爵さんの日本仏教史のレクチャーが始まる前に、簡単に仏教の基本的な知識をざっと掻い摘んでお話ししておきたいと思います。いや既に我々が良く知っている事ばかりだと思うのですが、たまたまハンガリー人のコスケさんから出てきた『仏教とは何か？　基本を教えて欲しい』との要望にお応えし、少し時間を頂きたいと思います」

と、先ず、トーマス青木が布石を打った。

「それはありがたい。仏教の発祥や由来については、私たちも忘れている事が多いし、一度整理しておきたいと思っていました。トーマスさん、是非お願いします」

と、ひでみが賛成する。

「異議なし！　ぜひお願いします」

エセ男爵からも声が出る。

「ありがとうございます。では、始めます」


約五分間かけて、トーマス青木は次のように仏教の発祥を述べた。


発祥の地は、インド。

その時期は、紀元前四五〇年頃、といわれる。

開祖は、釈迦《しゃか》、ガゥダマ・シッダールタ（サンスクリット語発音）。

キリスト教・イスラム教と並んで、世界の三大宗教とも言われる。


インドで開始された仏教は、現在では初期仏教として研究されている。

釈迦は、他の宗教の主張であるアートマン（真我）の存在を否定して無我とした。釈迦の死後数百年で部派仏教が生まれ、大きく大衆部と上座部とに分かれ、さらに細かく分れたが、今なお大きな勢力として継続しているのは、南方に伝わった上座部仏教であり、初期の教えを模範としている。

世紀前の終り頃には北方に伝播し、日本にも伝わる事になる大乗仏教が開始される。その教義や団体は、多彩に発展していて、チベット仏教や日本の真言宗に残る密教、一方で浄土信仰のような信仰形態の変化など、多様である。

仏教の世界観について触れておく。

仏教は、インドの世界観に基づき、輪廻と解脱の考えに基づいている。人の一生は苦（ドゥッカ）であり、永遠に続く輪廻の中で終わりなく苦しむことになる。その苦しみから抜け出す事が解脱であり、修行により解脱を目指す事が初期仏教の目的であった、とする。

締めて、

仏教における神（天）とは、天道の生物であり、生命（有情）の一種と位置づけられている。その為に神々は人間からの信仰の対象であっても厳密には仏ではなく、仏陀には及ばない存在である。

（右、ウイキペディア百科事典より）

そして『日本書記』によれば、仏教が伝来したのは飛鳥時代の西暦五五二年（欽明天皇一三年）であるとする。

ここまで仏教の発祥を述べたトーマス青木は、大変疲れた。

なぜなら、トーマス青木自身が、仏教の教義その他の基本部分が全く理解できていなかったのだ。メンバー全員にそれを伝え、詫びた。

「ごめんなさい皆さん、トーマスはすべてネットを開いて文言をコピペ作業したので、内容は理解できていません」

すかさずエセ男爵が助け船を出す。

「トーマスさん、だいじょうぶ、だいしょうぶ。今からみんなで勉強すればいいことだ。このプロジェクトが達成した暁には、そのご報告を兼ねて本照寺のお上人さんにお会いしよう。その時にでも仏教のイロハをあらためて教えて頂こう。でもってみんなで勉強しよう……」

トーマス青木に続き、今度はエセ男爵が仏教日本史を述べる。

「日本にも神話がありますぞ」

「戦前の教育では、小学校から『日本の神話』を教えたものだ。なぜか私も、少しは神話を知っているけれど、戦後教育神話が取り上げられないようになったから寂しいものだ。これらは『GHQの遺した負の遺産』だぜ、まったく……」

エセ男爵は顔をしかめながら喋った。

「で、恥ずかしながら私は読んだ事が無いのだが、日本の『古事記』に神話が書き下ろされているそうだ。でも『古事記』を読んでいなくても知っている物語が色々ある……」

「そう、イザナギとイザナミの二人の神様が、日本列島を創ったそうだ。それからたくさんの神々が生まれ、賑やかな日本の神話が生まれて今日に至っている。これもまた先ほどの『トーマス青木さんの仏教発祥のお話』と同様、日をあらためて研究会や勉強会をやりましょう」

「賛成です、男爵さん。宜しくお願いします」

と、ひでみとコスケは声をそろえて賛同した。


「さて話戻って古事記に紹介されている日本の神話が、日本伝統の宗教である神道の基礎になっているのか？　そうですよね、皆さん……」

エセ男爵は自信が無さそうだ。それもそのはずで彼は自ら、古事記や日本書記に目を通した事が無いからだ。


「例の『日本書記』によれば、日本への仏教の伝来は西暦五五二年。六世紀の真ん中、飛鳥時代である」

エセ男爵はつらつらと述べ、そして纏めた。

「六世紀の飛鳥時代。大和朝廷の頃仏教の伝来あり。当時の豪族、物部氏と蘇我氏の政治的対立があり、蘇我氏の勝利により仏教を政治にとりいれる。さっそく当時の政治に仏教が影響している。

仏教を人心掌握のために利用したのだ。それはそれで、日本人らしい。良いところだと解釈しています。そしてこの時代の仏教の政治的登用がなければ、日本の歴史は今とは全くかわっていたかもしれない。例えば戦国時代に入ってきたキリスト教になっていたら、全く今とは異なった国になっていたかも知れない……」

話題戻って、

「さらに、奈良時代になって、仏教と政治が一緒になって発展する。遣隋使など、大陸から諸々の文物を輸入する。このころから、日本的仏教宗派の枝分かれが始まるのです」

もう一度整理しておくと、仏教伝来は『日本書記』に記された西暦五五二年以外に、上宮聖徳法王帝説による西暦五三八年説があり、これは仏教が百済からもたらされたとする説で、どちらが正しいか良く分からない。尚、現在、約八千四百七十九万人（二〇一三年統計）が仏教徒であるとされる。

伝統的な仏教の宗派は、華厳宗、法相宗、律宗、真言宗、天台宗、日蓮宗、浄土宗、浄土真宗、融通念仏宗、時宗、曹洞宗、臨済宗、黄檗宗の、十三宗派がある。文化庁の宗教年鑑によれば、現在の日本の仏教徒の大半は、いわゆる鎌倉仏教に所属。浄土宗系（浄土真宗）の宗派と日蓮宗系の宗派が特に大きな割合を占め、大乗仏教が特に多いといわれる。

神道と仏教の関連で特筆すべき事あり。江戸時代末期まで、つまり幕末までは仏と神は一体で、不可分とする『神仏習合』の時代であった。が明治維新の政治変革により、神道と仏教を区分けして取り扱う事になった。

そして平安時代。

貴族政治と共に仏教の最盛期を迎え、寺院群が政治に口出しするようになる。桓武天皇は奈良仏教の影響を弱めるために平安京に遷都し、空海などを唐に派遣（延暦二十二年・西暦八百三年、遣唐使に参加）し、密教を学ばせた。貴族政治の安定と発展のため、新しい仏教に活路を見出そうとした。

鎌倉時代に入る。

平安時代末期からの諸国挙げての動乱期に入り、仏教にも変革が起きる。平安時代までの仏教は『鎮護国家』と標榜にした国家や貴族のための儀式や知的研究に置かれていたけれど、次第に民衆の救済のものに変化していく。主として比叡山で学んだ僧侶により仏教の民衆化が図られる。その中に『南無妙法蓮華経』を唱えると救われるとする『日蓮宗』に『南無阿弥陀仏』と念仏を唱え続ける（称名念仏）ことで救われるとする浄土宗などが創立される。これらの宗派は他の宗派から弾圧を加えられつつ、旧宗派の改革も同時進行した。特に日蓮宗の日蓮は、過激なことで知られ、国家の滅亡まで論じたので、幕府から強い弾圧を受けた。しかし民衆に浸透し、一般化すると次第に弾圧も沈静化していった。

総じて、鎌倉時代（西暦一一九二～一三三三年）は、貴族為政者の為の仏教が一般庶民の仏教に変革していった時代である。

南北朝・室町時代（西暦一三三六年～一五七三年）に入り、仏教と為政者の結び付きが一段と強まる。この頃、風流を極める室町時代的武家文化が花開き、仏教文化と相俟って、金閣寺、銀閣寺に代表される煌びやかな寺院建築物も絵画も、武家風味な宗教芸術の域に達する。

さらに特筆すべきは、京都の都市商工業者の間では日蓮宗が普及し、武家社会はもちろんのこと、町民文化の中にも日蓮宗の人気が高まった。

（五）

『応仁の乱』（西暦一四六七年）から始まった戦国時代。

その終りは、徳川家康が豊臣家を完全に亡ぼした『大坂夏の陣』（西暦一六一五年）である。この時代の治安の悪化とともに、宗教勢力も武力を強化した。法華宗による山科本願寺焼き討ち、天台宗による天文法華の乱など、過激派宗教団体による宗教戦争も起こった。中でも加賀国一揆等の一向一揆は、守護大名富樫氏を滅ぼす。石山本願寺などは、大名家さながらの強固な組織を持った。

しかし織田信長は『天下布武』の一大方針のもと、たちはだかる宗教勢力をことごとく打破していく。長島一向一揆及び石山合戦等が有名である。

尚、安土桃山時代（西暦一五七三年～）、豊臣秀吉の時代に入ると、秀吉は概《おおむ》ね信長の対宗教策を踏襲し、秀吉にたてついた根来寺や高野山を屈伏させた。

この頃、ヨーロッパから密かにキリスト教の波が押し寄せている。南蛮貿易を標榜し、キリスト教布教の活動の陰で、キリスト教宣教師が日本人をさらって東南アジア諸地域に奴隷として売りさばいていた記録が残っている。豊臣秀吉が朝鮮征伐を実行した一因が、このキリスト教による日本の侵略を恐れていた、その布石として朝鮮半島から明国を牽制したという説がある。

戦国の世は武家社会と宗教社会（僧侶をはじめとする仏教信徒）が真正面から対立した時代といえる。その傍ら、宗教者が世俗化した時代でもあった。

江戸幕府（西暦一六〇三年〜一八六七年）は、徳川家康によって『寺院諸法度』を制定。寺社奉行を置き、仏教を取り締まった。

合わせて『寺請制度』により人々をいずれかの寺院に登録させ、布教活動を実質的に封じ込めた。鎌倉仏教（日蓮宗も含まれる）にとっては、檀家制度によってまとまりが良くなり、全国展開がなされた。

一方で江戸幕府は、キリスト教伝道による日本の崩壊を恐れた。それは、禁教令（西暦一六一二年・慶長十七年）と鎖国によって象徴される。後の時代に現れた定説として、日本の禁教令（キリスト教の禁止）は、あの時代のスペインやポルトガルによる植民地政策によって日本侵略の実行が成されるのを恐れ、鎖国し、キリシタンを排除したという説がある。トーマス青木は歴史解釈的且つ理論的に、この新説を受け入れる。

江戸時代後半より国学が隆盛する。

明治時代（西暦一八六八年〜一九一二年）は、本居宣長を祖とする国学の延長により、明治維新が成し遂げられ、国学的な明治政権が旧長州藩出身者で形成される。

そのような背景で『大政奉還』された後『天皇に政権が返上』されると、新政府は『神道重視の政策』をとる。

その結果、全国で『廃仏毀釈』が実行される。

その後は極端に、全国の寺院数が減少。と同時にキリスト教の布教が解禁される。ここで各宗派は仏教の近代化を推し進め、宗門大学の設立や教育活動、社会福祉活動に進出した。


時代は大正から昭和時代に推移する。

明治期に近代化した政府は、ここにきて宗教を管理する統一的な法典『宗教団体法』が（西暦一九三九年）昭和一四年に初めて制定された。国家神道体制が確立する中で、『神社は宗教ではない』ということで、公法上の営造物法人として扱われる。

しかし仏教、教派神道、キリスト教の宗教団体は、民法の公益法人を適用されないままであった。宗教に関する法律の必要性は政界でも認識されていたけれども、第二次世界大戦終了まで、法制化される迄には至らなかった。

以上、

『日本仏教の小史』を紹介。


エセ男爵による資料集約を得て、トーマス青木は安心した。

「男爵さん、おつかれさまです。素直《すなお》に理解できました」
「トーマスさん、飽きもせずよく耳を貸して下さった。ありがとう」
「一つ質問がありますす男爵さん、聞いて頂けますか？」
「どうぞ、ひでみさん……」

ひでみはトーマス青木とエセ男爵の会話にストップをかけ、つぎの質問をした。

「ところで昭和の時代の日蓮宗のことですが、そうとう羽振りが良かったと聞きます。私の限られた時間のなか、当時の満洲の庶民文化を調べていたら、日本帝国陸軍の名将・石原莞爾中将と日蓮宗との話題が頻繁に出て来ました。何か軍部主催の講演会の会場の入り口に、白地に漆黒の文字でしたためられた『南無妙法蓮華経』と威勢よく書かれた『幟』がたてかけてある、当時撮影された写真画像を観ました。また合わせて、石原将軍はずいぶん日蓮宗に傾倒されていた。と記述された文献にも出会っています。男爵さん、何か情報をお持ちではありませんか？」

と、ここまで静かに耳を傾けていたエセ男爵は、少々顔を紅潮させ、喜びに満ち溢れた口調でしっかりと、ひでみの質問に答えた。

「おう、さすが、ひでみさんだ。実はそうなのです。あの昭和の時代に、何故か『日蓮主義』という言葉が存在していたのです。当時の日本帝国陸軍中将・石原莞爾はまさに、日蓮宗義を実践した名将軍です。彼だけでなく、例えば海軍の『山本五十六元帥』に、政治家の『犬養毅・元総理大臣』でもってさらに、財界人ではトヨタ自動車の創業者豊田喜一郎氏などなど、政財界きっての名士の多くが、日蓮宗に帰依しておられたと聞きます。いや実は、今の本照寺のお上人さんから直接聞き及んだ人物の名前ですよ……」
「すごい、すごい、男爵さん。もっとお話を続けて下さい。特に、満洲と日蓮主義にまつわる石原莞爾将軍の話をお聴きしたいです……」
「ちょっと待って下さい。この日蓮主義の話は、あらためて関東軍と満洲のテーマに譲ります……」

宗教と軍部の関わりが有ったとは、実はエセ男爵にとっても、このプロジェクト調査に入るまで、想像すらしていなかった事項だ。

この時エセ男爵は、ファンタジックな妄想に駆られてきた。

「そうか、実に面白い、面白くなった」

「日蓮主義が高らかに叫ばれている昭和初期の時代、かの第二十五世本照寺住職・筧義章師が満洲に赴任される。これにインド独立運動家のナイル氏が満洲に活動拠点を設けられる。奉天での出会がある。その同じ時期に、石原莞爾将軍が指揮を執り、満洲事変勃発を乗り越えられ、満洲国が成立する。筧義章師はすばらしいタイミングで満洲入りされたのだ……」

エセ男爵をはじめとするプロジェクトメンバーは全員、幻に終わった満洲國に、それぞれの夢を描きつつ、第二回目のミーティングを終えた。

第四章

満洲國と軍部

（一）

「奇跡の始まりは満洲にあった。そうですよね、皆さん……」

トーマス青木の発声から始まった。

「そう、トーマスさん、その通りですよ。東アジアの地で、不可能に近い奇跡的な出来事が実現したのだ。それは、満洲國が建国された事だ……」

エセ男爵の話が始まる。

「皆さんには既にお伝えしているけれど、パール判事と筧義章師の出会いを実現させたのは、インド独立運動家ナイルさんだ。一九三四年（昭和九年）に満洲國の大連市にて、日本人僧侶とインド人のインド独立運動家の出会いがあったからだ。ナイル氏自伝の『知られざるインド独立闘争・新版』に写真掲載されているし、最近になって発見された筧義章師の満洲時代に記された『過去帳』に文言として書き記されているから驚いた……」

「筧義章師が仏教の布教を目的とされて満洲へ赴任されたのは、良く理解できました。しかし当時、ナイルさんは何故、どんな目的で満洲にいらっしゃったのですか?」

ひでみが質問する。

「ナイルさんはもともと勉学のためにインドから留学生として日本に来られた。ここで少しナイル氏の経歴に触れておきます」

エセ男爵はメンバー全員に、次の説明をした。

ナイル氏は一九〇五年、当時大英帝国の支配下にあったインド帝国ケララ州の州都トリヴァンコール藩王国の、武士階級として代々王族を守ってきた名門ナイル族の家柄に生を受ける。上流中産階級の家系に育ったナイル氏は、一九二〇年に高等学校を卒業。一旦は社会人となり、親の意向で水産業の職務に就く。しかし高校時代の政治運動(インド独立運動およびカースト差別批判運動)が原因で、大英帝国の植民地政府当局から要注意人物として監視される。未来のインド発展を願う親族の応援もあって、日本留学を決意する。土木工学の最新技術習得の目的で、京都大学の留学生として来日する(諏訪丸にて一九二八年三月神戸港に着岸)。

在日インド人独立運動家ラシュ・ビハーリー・ボース氏を訪ね、交流が始まる。ナイル氏は学業のかたわら、独立運動家として日本でも活動を始める。これらの行動を受け駐日英国大使館より要注意人物としてマークされ、実質的に本国インドへの帰国は不可能となる。

満洲との関りは、かつてインド臨時総督を務め、過酷な植民地政策を進めたヴィクターブルワー・リットン率いる『リットン調査団』に欺瞞を感じ、同調査団の満洲派遣に対する抗議運動などを行っていたことから、京大時代の同期生長尾郡太からの誘いを受け(一九三二年夏)、満州國五族協和会議に参加する。そこからナイル氏の満洲での活動が始まる。

その翌年一九三四年、大連市にて覚義章師とラシュ・ビハーリー・ボース氏を囲んで撮影した記念写真が存在する。

エセ男爵は想った。
（インド独立運動家ナイル氏の立場から鳥瞰した満洲國は、どのように映っていたのであろうか？）

それは、
アジアに実存する、
アジア民族の手で新たに創設した、
アジアで一番の、理想的な新生独立国家、と観えたに違いない。

満洲でのナイル氏は満洲國行政府の中核に入り、アドバイザーとしての立場を確立。モンゴルも視野に入れた中で活発に活動を開始する。
戦後は、東京軍事裁判インド代表判事パール博士の通訳として活動する。原爆投下された広島にて、一九五二年（昭和二十七年）『世界連邦アジア会議』が開催され、来賓として招待されたパール博士の通訳として広島に同行。その時に筧義章師と再会する。あわせてパール博士と筧義章師の出会いが実現し、本照寺境内におけるパール博士の石碑建立に繋がる。

エセ男爵のスピーチが終わると同時に、ひでみが質問する。

「ナイル氏が彼自身の活動拠点を満洲としたのは、ある程度納得できます。でも、モンゴルとは、どういう活動をしていたのですか？　そもそも昭和初期の時代、モンゴルは独立国家だったのですか？　男爵さん、教えて下さい」

「さすがに、ナイルさんはインド人です。まずは語学が堪能だった。モンゴルとの交流目的はビジネスでした。日本から満洲國への渡航が頻繁となり、早々《はやばや》と中国語を会得したのです。その状況でモンゴル（内蒙古）を領有していた南京の蔣介石国民党政府に対し、モンゴル人は伝統的に漢人と対立していた経緯があり、この間、隙に乗じて満洲國政府と関東軍はモンゴルを味方につけ、南京の蔣介石を牽制した。よりいっそう満洲國の発展と安定を求めようとし、モンゴルの王侯や貴族たちとの友好を深めようと画策していた。この状況の中、満洲国政府と関東軍に加え、第三者的な立場で参加したのがナイル氏だった……」

彼のモンゴルでの活動について、エセ男爵は想像を膨らませた。

「モンゴルの地にはね、日本政府も、というより軍部がね、たいへん興味を持っていた。当時ロシア寄りだったモンゴルの豪族をたてて、満洲と同じように独立国家を作らせようという動きがあった。ナイルさんはここに興味を持ったに違いない……」

「彼は日本政府のモンゴル企画に乗じ、天津の英国人貿易商社相手に輸出していた羊毛ビジネスに目を付け、ナイル氏が占有しようと試みる。ある程度は成功した。なにはともあれモンゴルでの商売は、インド独立運動の活動の一環だったかどうか？　物見遊山で辺境の地モンゴルを訪問したのかどうか。彼の自伝を見る限り、確たる目的意識は無かったようです。しかし、インドから東南アジアを経由して日本へ留学し、満洲へ渡る。さらに、モンゴルまで足を伸ばす。さすがですね、ナイルさんは。生まれつき国際的な人物なのだ……」

ここでエセ男爵はテーマを切り替え、でみに向かって話し始めた。

「そう、それでね、ひでみさんの質問の中、モンゴルは独立国家だったかどうか？　答えは、独立国家だったはずです。けれども一番の影響力を持つはずのロシアに十分なゆとりがなく、モンゴルは政治的に空白状態であったと想定できます。昭和初期のあの時代の日本には、軍事的にも政治的にもゆとりがあってモンゴルとのより親密な政治的且つ軍事的交流があればよかったと思います。いわゆる外交センスが当時の日本政府に在って、その上でモンゴルの王族たちともっと親密な状態になっていれば、独立して間もない満州國の北からの脅威に対し、保全の役割が十分に果たせたはずだし、満洲事変から延長した支那事変（日中戦争）への不用意な泥沼戦争へ突入する必要性が無くなったのではないか。もっと手堅く満洲の地を守り抜く為の『大きな衝立《ついたて》』に為り得たのではないかと考えます」

両目を大きく見開いて、熱心にエセ男爵の理屈を聴いていたひでみは、

「ありがとうございます、男爵さん。私も、同じことを想像していました。良く理解できます」

国際線航空会社の客室乗務員を勤め上げ、十分な業務経験のあるひでみは、シベリア経由のヨーロッパ線の乗務員時代に体験した記憶が蘇える。

「成田空港から離陸したジェット機は直ちに新潟上空に達し、さらに日本海を北上したのち、シベリア上空を一路ヨーロッパに向かって約十時間、何度も何度もユーラシア大陸を縦断した経験があります」

優しく見開いたひでみの眼差しは、懐かしく記憶の彼方を見ているようだ。

「ジェット機に乗っていると、意外にハバロフスクとか今の中国の東北部には近いのです。けれどもそれから奥が深い。モンゴル上空からバイカル湖辺り、それからモスクワやポーランドのワルシャワ辺りまで、たいへん時間がかかるのです。だからモンゴルをキープしていさえすれば、あの昭和二十年のソ連軍侵攻にはもっと時間がかかったと思うのです……」

満州とモンゴルの位置関係と広大さを、現代の感覚で体感していた事が、より実感としてリアルに、昭和初期の日本にとって、満洲の大切さが理解できたのだ。

ひでみは納得した。自分自身から発した質問の答えを得ることができた。

「満洲を守るには、モンゴルの広大な面積と、そこに住まう人々そのもの、満洲と日本の国が存続するための、大切で重要な緩衝地帯だったのです……」

一区切りついたかと思われるエセ男爵の会話の流れから、さらに、ひでみは質問した。

「インド人独立運動家ナイルさんの満洲での立ち位置は、よく理解できました。宗教家である筧義章師との接点もあった。もちろん旧日本帝国陸軍軍部の中枢に在った関東軍のトップとの直接的な交流や活動もあった。とナイル氏自伝の中に記録として残っていますよね。でも後々になって、満洲でのナイル氏の存在が、パール博士と筧義章師との出会いの接点となったのは事実です。これも見えて来ました……」

ここまで、ひでみの質問の前提なのだ。

さらに、ひでみは、

「どうしても私には理解と納得ができない事があります、男爵さん」

「それは具体的に何なのですか？　ひでみさん、おっしゃって下さい……」

ひでみは、おもむろに質問した。

「あの時の理想国家『満洲國』が、二十一世紀の令和の現在に日本の植民地？　否、絶対的に仲の良い隣国だったとすると、戦後七十五年たった今の世の中は、全く違っていたでしょうねぇ……」

ひでみは現実的である。否、このメンバーの中で一番の空想家である。

ひでみの質問はもう一つあった。

「だけど昭和二十年の八月以降、第二次世界大戦が終わって、満洲の地はソ連軍に何もかも奪われた。にもかかわらず、どうして共産主義国家である中華人民共和国の一地域となったのでしょうか？　日本軍は赤軍の毛沢東と戦ってはいないのでしょう？　何故、蔣介石が率いていた中華民国にならなかったのでしょうか?」

三つ目に、

「それよりも何よりも、最初の時点で、つまり昭和のあの時期、満洲地域に対してなぜ、日本の国は関係を持てたのでしょうか?」

「なるほど、ひでみさん。三つの質問には密接な関係があります。第二次世界大戦後、すなわち日本の敗戦後のことは、改めてチーム全体でミーティングする(次章東京裁判と戦後にて取り上げます)として、順序を入れ替えて先に、三つ目の『なぜ、満洲と日本は密接な関係にあったか?』について、話しましょう。それには少なくとも、日露戦争(一九〇四年二月～一九〇五年九月)に歴史を戻さなければなりません。もう少し言えば、明治維新あたりまで遡ってみますか」

「それからひでみさんの最初の質問は、このプロジェクトの締め括りのテーマの一つとして、皆さんで研究会を開き、討議しましょう……」

「了解しました」

ひでみは納得した。

（二）

「コスケ君も大好きだからな。あれは、三回観たのか？」

「いえ、四回観ました」

「あの長編テレビドラマ『坂の上の雲』には明治維新から始まって先ずは日清戦争、さらに日露戦争の全てが、面白可笑しく描かれている」

「はい、男爵さん。静かにヒットしています。多くのハンガリー人が『坂の上の雲』のビデオを借りて観ています」

「私は司馬遼太郎さんの原作を読破したよ。まさかテレビドラマ化されるとは、あの時、思ってもみなかった」


エセ男爵が、ハンガリー時代の自らの記憶を辿り始めた。

「あれは日本からハンガリーに頻繁に通っていた頃だ。だから平成が始まって四年目の頃か。ヨーロッパ行きのジェット機に乗るため、朝早くから関西空港に出向き、ひとまず登場手続きを済ませた。その後は時間調整で出発ロビーの本屋さんに立ち寄って、目に入ったのが司馬遼太郎さんの『坂の上の雲』だった。そのとき手にしたのは文庫本だ。たしか全巻で五冊か六冊だった。とりあえず第一巻と二巻の二冊を購入し、ジェット機に乗り込んだ。ブダペストについてゆっくり読もうと思っていたにもかかわらず、座席に着くなり本を開く。読み始めると面白くて止まらなくなった。飛行機の中で昼寝するつもりが眠れなくなり、ヨーロッパ行きの八時間の空の旅で、うたた寝しながらも一巻を完全に読破してしまった。二巻はブダペスト滞在が始まって数日以内に読破する。三週間のブダペスト滞在を一週間早めて帰国し、再び関空に着いたときに、同じ本屋さんに直行し、残る全巻を購入して東京に帰った。その時は仕事を放り投げて読書三昧だった。約一週間かけて、『坂の上の雲』を二回読破した。仕事はしなかった。あのときは……」

　ここでトーマス青木が割って入った。

「男爵さん、一時期、『坂の上の雲』がブームになりましたね。まだあの頃は、バブル全盛の時代でしたか？」

「そうそう、経営学専門月刊誌か何かの特集で、日本の著名な財界人十数名にインタビュー形式で読書感想を載せたものがありました。財界人十人の内九人まではあの長編小説を通読せずして感想文を書いている。直ぐ分ります。司馬さんが描き切った日露戦争の戦争史を読み切っていない。表面的な事しか述べられていない感想文が並んでいました」

「そうか、さすがトーマス青木さんだ。精読しておられるのですなあ。猫も杓子もあの長編小説を読もうと試みたけれど、通読している人は少ないでしょうなあ。また一度読み切った人は、必ず、二回以上は読んでおられるのだ」

「私も『坂の上の雲』は早い時期に精読しています。それから司馬さんが大好きになりました……」

「トーマスさん、私はね、『坂の上の雲』を読んだ時から、その時から司馬遼太郎さんの大ファンになったのです」

「明治時代の元気の良い日本人を、のびのびと描いているのですね」

トーマス青木と一緒になって一通り、『坂の上の雲』の読書感想を語ったエセ男爵は『日露戦争勃発の原因』とその後の東アジアの成行きを語り始めた。

「司馬遼太郎さんは小説『坂の上の雲』で、日清戦争ならびに日露戦争の発端が、あの朝鮮半島にあった事、ほとんど語っていないのですよ」

この一節を聞いていたひでみは、面喰った。

つまり、エセ男爵の話しの組立てがわからなくなり、ひでみはすかさず逆に話を投げかける……

「どういうことでしょうか、男爵さん、なぜ朝鮮半島の話が語られていないのでしょうか?」

数あるエセ男爵の悪癖の中、突然主語無しに会話を組み立てようとしたり、会話の展開の順序が逆さまになったりする。

その悪癖の間を通り抜け、ひでみは質問する。

エセ男爵は誠心誠意、ひでみの質問に答えようとする。

「司馬さんは、堂々と元気の良い頃の日本を描き切っておられる。しかし司馬さんは昭和の歴史になると口を閉じておられた」

ひでみは緊張しながら、

「男爵さん、私もこれを機会に少し司馬さんの本を読んでみます」

「わかった、ひでみさん、話を戻しましょう。明治維新の頃から、既にそうだった。西郷隆盛や板垣退助らの『征韓論』論争がありましたね。日本が欧米と通商を開いたにもかかわらず、朝鮮半島の李王朝では国の中枢がいくつかの派閥に分かれ、ロシアと清国の間を行ったり来たり、非常に不安定な情勢が続いていたのです。かの福沢諭吉翁も『脱亜論』で叫ばれていたように、いや実は、令和の時代となった現在もそうですが、朝鮮半島をめぐる社会的で政治的トラブルは、明治維新から既にあったのです。たいへん面倒なところは朝鮮半島なのです」

ここで少し、ひでみの顔が曇る。

航空会社勤務時代に体験した不愉快な想い出が、彼女の頭をよぎったのだ。

「先ず、日清戦争の引き金となったのは朝鮮半島で起こった『東学党の乱』です。朝鮮政府が清国に鎮圧を依頼したのに対抗し、日本と清国で結ばれた天津条約に従い、日本は朝鮮半島に出兵したことが開戦の切っ掛けとなる……」

「一八九四年（明治二十七年）四月十七日から一八九五年（明治二十八年）十一月三十日迄、日本と清国との間で行われた戦争です」

「要するに当時の日本は、朝鮮半島に清国もしくはロシアからの影響力が及ぶような状態を黙認できなかった」

「つまり朝鮮半島の脅威は、対馬海峡を挟んで即刻、日本本土に及ぶ状態であるから、先ずは朝鮮を独立させ、朝鮮半島そのものを緩衝地帯として維持したかったのです。日本の目的は、清国軍を朝鮮半島の外に追いやり、朝鮮半島の政治的な独立を確保したかっただけなのです」

日清戦争開戦直前の日本政府にとって、侵略行為的な目的は無く、日本の本土防衛のみを目的とした。とエセ男爵は信じている。

「日清戦争の始まった時点で、大本営が東京から広島に移され（西暦一八九四年九月一三日〜一八九五年五月三〇日）、明治天皇も広島城の大本営内に行幸入城された。近代国家となった日本の、初めての対外戦争が日清戦争だった。国の存亡をかけて、当時の日本は命がけで清国と戦ったのです。そして勝った……」

ひでみが質問する。

「広島市内に存在する広島城が、その時の大本営になったのですね。東京の皇居では、便利が悪かったのでしょうか？　それとも遠すぎたのでしょうか？」

「その通り、遠かったのです、ひでみさん」

「広島城の中に『大本営跡』という旧蹟があり、上質の御影石で屋敷の基礎の石組みが組まれていて、立派な建物が在ったという面影が今も尚、残っています。また宮島の大聖院境内の観音堂に

は、明治天皇が宮島訪問された時の天皇陛下御一行の行列を描いた油絵が、欄間《らんま》に掲げられていま
す。それは当時、明治天皇が宮島の大聖院さんにお参りされ、ご宿泊されたという記録も残されて
います。宮島島内の『包ヶ浦』から弥山につながる山道に入った山間《やまあい》には、今も尚、大きな砲台の
跡が残されています。聞くところによると、日清戦争が始まることを見越して設営された大砲が
あったそうです。若し、日清戦争開戦後に清国の北洋艦隊が瀬戸内海まで攻め入ってきた時には、
この砲台に置かれた陣地砲（海岸砲・沿岸砲ともいう）が清国の軍艦めがけて火を噴く。というイ
メージなのです。明治の日本政府は、真剣に清国の日本進攻を脅威に感じていたに違いない、その
証拠に宮島の包ヶ浦には要塞が築かれていて、今でもコンクリートの砲台跡が残っているのです。
大陸に向けて派兵された兵隊さんは全て、広島の宇品港から朝鮮半島に向け輸送船で出征した事実
があります。まさに明治維新以降、対外戦争を戦う根拠地の一つが『軍都広島』だったのです。た
ぶん日清日露の両戦役の展開により、広島市は好景気に見舞われた事でしょう。さらには満洲事変
から支那事変にかけて、戦争が長引けば長引くだけ、広島をとり巻く経済界は好景気に見舞われ、
衰えることは無かったと思われます」

広島市の景気不景気を蘊蓄する、実にエセ男爵らしい話題展開である。

ともあれ、開戦後一年と半年少々で、日清戦争は日本の大勝利で終わった。しかし歴史は終わら
ない。連続性あり。さらにその後がある。

戦勝国日本は清国から多額の賠償金を受け取り、あわせて遼東半島および朝鮮半島と台湾を領有

することになる。しかし三国干渉によって遼東半島を清に返還する。
台湾の統治は、歴史を振り返るに、成功を納めたといえる。但し、朝鮮半島はどうであったか？途方もなく苦戦し、今日まで負の歴史遺産を引きずっている。といっても過言ではない。

三国干渉の後、ようやく戦争が終わってからの数年間は、台湾の原住民の平定で日本陸軍は苦労する。けれども時間の経つにつれ、台湾の状況は安定する。問題の朝鮮半島は、そのころ南満洲地域との境目すなわち国境線があるようで無い状態が継続した。東進を重ねるロシアは南満州を越え、さらに朝鮮半島へ南下し、日本の権益を侵害する恐れがあった。そのロシアの脅威を朝鮮半島から除外し、自国の安全保障を堅持するため、日本はロシアと対峙せざるを得なくなった。

日露戦争とは、一九〇四年（明治三十七年）二月八日から一九〇五年（明治三十八年）九月五日にかけて、大日本帝国とロシア帝国の間で行われた戦争である。

発端は何か？
まず、三国干渉によって（日清戦争勝利により日本が領有した）遼東半島がロシアに移管された。そのことにより、さらに朝鮮半島での多くの利権がロシアによって確保され、朝鮮半島全域がロシアの権益に属する危機に陥りつつあった。その延長線上に、日本の国土までも侵略されかねない状態であると判断する。またもや日本帝国は国運をかけ、否、国の存亡をかけ、日露戦争に突入する。
時は一九〇四年二月六日、当時の外務大臣小村寿太郎からロシアのローゼン公使を外務省に呼び、国交断絶を言い渡し、対露戦争を開戦する。

ロシア軍に対抗できるだけの軍備も儘ならず、当時の日本は、戦争遂行のための戦費調達には困難を極めた。当時の日銀副総裁高橋是清は、日本を低く見積もる世界世論のもと、外貨調達に苦心惨憺《くしんさんたん》した。
その時の英国は、協力的であった。
結局日本は、一九〇四年から一九〇七年にかけて合計六次にわたり、一億三千万ポンド（約十三億円）の外貨公債を発行した。尚、日露戦争前年の一九〇三年（明治三十六年）の一般会計歳入は二億六千万円であり、いかに巨額な資金調達だったか、理解できる。

尚、開戦時の戦力比較は次の通りである。

歩兵＝露・六十六万／日・十三万
騎兵＝露・十三万／日・一万
砲撃支援部隊（砲兵隊）＝露・十六万／日・一万五千

工兵と後方支援部隊＝露・四万四千／日・一万五千
予備部隊＝露・四〇〇万／日・四十六万

である。

（いわずもがな！）

開戦前の日本とロシアの間には、圧倒的な戦力差があった。

「男爵さん、当時のロシア陸軍はまともに戦ったら絶対に勝てる相手ではありませんよ。でも日本はロシアに勝った！」

興奮気味のコスケは、戦争評論家になって発言する。

「だよな、コスケ君、君は日本贔屓《にっぽんびいき》だな？」

「そうですよ。東ヨーロッパのロシアにいじめられている民族は、ロシアが大嫌いなのです。みんな日本を応援しますよ」

「さて、細かい事は『坂の上の雲』でご承知の通りです。日本海海戦の奇跡的な圧勝もあって、全体を見れば辛うじて日本が勝ちました……」

賠償金こそ取れなかったものの、日本はロシアに勝利したことで、ロシアの南下を抑えることができ、朝鮮半島と満洲の一部の権益を確保できた。しかしこの戦争により、日本の国力は疲弊しきっていた。

ともあれ米国の仲介により日露が講和条約のテーブルに着き、米国ポーツマスにてポーツマス条約を締結（一九〇五年九月五日）し、講和する。

ポーツマス条約により、日本は遼東半島（関東州）の租借権、東清鉄道の支線、朝鮮半島の監督権を得る。鉄道守備隊はのちに関東軍となる。十月、日本帝国陸軍の満洲軍総司令官下に関東総督府を設置し、軍政を敷く。

一九〇六年十一月、民間企業で日本最大のコンツエルンとして南満州鉄道株式会社を設立。以後、鉄道権益を中心とした満洲の経営権益は、日本の重大な課題となる。

つまり満洲は、満鉄が背骨となって成り立っていった。

ロシアは、対日敗戦したことから帝政に対する民衆の不満がたかまり、急速に共産主義化していく。日英同盟は攻守同盟へと強化される。日本の朝鮮半島支配と英国のインド支配を相互承認する。米国は、ポーツマス条約締結時点にて、米国側から満洲鉄道の共同経営を提案したが、日本側がこれを断った。以後、米国は日本に対して悪感情を抱きつつ、太平洋戦争へと突入する。

「以上、満洲國建国の日本の関わりは、やはり日露戦争の勝利が起因する。ひでみさん、ご理解いただけたでしょうか？」

「ありがとうございます男爵さん、結局朝鮮半島の不安定さと、それに繋がる満洲とは、当時のロシア南下政策の脅威から、直接日本の国土を守る為に必要だったのですね。安全保障のため必要不可欠な戦争が、日清日露の両戦役だったのですね。よく分かりました」

「では、休憩しましょうか」

「十分後に『満洲國と関東軍』それに『石原莞爾中将と宗教（日蓮主義）の関わり』のテーマに移りましょう……」

一同、休憩に入る。

「おつかれさまでした。ありがとうございました……」

メンバーは全員、少し疲れていた。

ハンガリー人のコスケの眼差しが、なぜか、一際《ひときわ》輝いていた。よほど日露戦争の話に興味を持ったようだ。

日露戦争以降、世界の情勢はどうだったか？

ヨーロッパから端を発した第一次世界大戦に、連合国の立場で日本も参戦する。当然ながら日本軍は勝利し、当時のドイツ植民地を獲得する。時は、明治後期、さらに大正から昭和の時代に入り、世界を駆け巡った大不況に日本も襲われる。明治維新から富国強兵の合言葉のもと、急速に経済成長してきた日本帝国も、特に農村を中心とした貧困が大きな社会問題として浮かび上がった。

欧米列強の仲間入りを果たしたものの、今一つ貧困から脱却し経済成長を望むべく、植民地政策ならびに海外移民政策に積極的に取り組んだ。合併された台湾と朝鮮は、不況打開政策の対象となる。当然ながら満洲の地も、豊富な地下資源と農業開拓可能な大地があり、日本人移住候補地として必要不可欠な地域が『満洲の大地』だった。

アジア大陸も清朝の崩壊から軍閥が群雄割拠する。混沌とした状態が続くなか、蒋介石らの中華民国が樹立されると、馬賊から成り上がった張作霖が占有する満洲地区（東北）の獲得に乗り出し、小競り合いが続く。そんな中、日本は自らの満洲権益を守るため、関東軍が満洲に配備される。満洲事変から上海事変を経て、いわゆる日中戦争に入る。日中の戦線が膠着する中、いよいよ戦線は南アジアに拡大し、米英との直接対決となり、太平洋戦争に突入。日本は敗戦の道を辿る。

「ここまでが満洲事変の勃発から、太平洋戦争に突入するまでのあらましです……」

（ここで読者の皆様にはあらためて、明治後半から昭和初期辺りまで、中国大陸との関わりを年表にしました。ご参照ください）

〈年譜資料〉

（一）明治二十八年四月十七日（一八九五年）『日清戦争終結』
翌明治二十八年四月二十三日（一八九六年）『三国干渉』ドイツ・ロシア・フランスが日本に対し遼東半島の清国への返還を勧告
明治三十七年二月（一九〇四年）『対露開戦』決定

（二）明治三十八年九月五日（一九〇五年）『日露講和条約調印』日露戦争終結

（三）明治三十九年十一月二十六日（一九〇六年）『南満州鉄道株式会社』設立

（四）明治四十三年八月二十二日（一九一〇年）『日韓条約調印』（韓国合併）

（五）明治四十五年一月一日（一九一二年）『中華民国南京臨時政府』樹立、孫文が臨時大統領に就任する、同年二月十二日『宣統帝退位』（清朝の滅亡）

（六）大正三年七月二十八日（一九一四年）『第一次世界大戦』始まる、
同年九月二日『日本軍山東半島上陸』
同年十一月七日『日本軍青島上陸』
大正七年八月二日（一九一八年）日本政府『シベリア出兵』を宣言
同年十一月十一日『第一次世界大戦』終結
大正十一年十二月三〇日（一九二二年）『ソ連邦の成立』

（七）大正十五年七月九日（一九二六年）『蔣介石、国民革命軍総司令官に就任』北伐を開始する
（八）昭和二年四月十八日（一九二七年）『蔣介石、南京政府』を樹立
同年六月十八日『張作霖、北京に軍事政府』を樹立
（九）昭和三年五月二十三日（一九二八年）『関東軍主力の奉天移動』
同年六月十八日『張作霖爆破事件』
同年十月八日『蔣介石、国民政府主席』に就任
（十）昭和四年十月二十四日（一九二九年）『世界恐慌』が起きる

「以上、日露戦争終結の後、第一次世界大戦を挟んでの東アジアを巡る小史です」

（三）

ひでみが口を開いた。

「トーマスさん、男爵さん、これをみれば解ります。三国干渉が事の発端ですよ」

「なるほど……」

「ずるい！　ほんとうにロシアはずるい。それに同調したフランスもドイツも、ろくでなしの国ですね」

国際線の客室乗務員として勤務した経験を持つひでみの発言は、いかにも辛辣であった。彼女の発言の背景には、欧米人独特の利己主義的な体質を熟知した、仕事中に会得した彼女の体験から来る嫌悪感によるものだった。

トーマス青木も、自分自身の個人的印象を述べる。

「たぶん当時の日英同盟に対抗して、フランスとドイツがロシアにくっ付いたのでしょう。遼東半島を列強に取られたら、またこの界隈の火種が再燃する。満洲がまたもや面倒なことになるのですね。こういう局面での日本人の対応は単純過ぎたのです。執拗にねじ込んでくる欧米人独特の粘り強さにあっさりと、尻尾を巻いたのです。日本人は諦めが早く、もういいや、ということになるのです。日本人はサッパリし過ぎていたのですよ」

エセ男爵が割り込む

「いやいや、その通り。トーマスさん当たっていますよ。ひでみさんも、歴史展開の急所を突いたね……」

「トーマスさん、男爵さん、どう思われますか?」

「若し、あの時に三国干渉が無くて、遼東半島が台湾と同じように直接日本の支配下に置かれていれば、もっとスムーズに満洲が安定したかもわかりません。ひょっとすれば日露戦争は起きなかったかも……」

「ひでみさん、あながち、そうでもないと思います。若《も》し遼東半島の返還が無ければ、台湾を戻せとか、朝鮮半島を半分ロシアに渡せとか、必ず何か条件を提案してきたに違いない。むしろ、あの時に、遼東半島が切り取られただけで済んだから、それでよかったのです……」

「え〜　そんなのありですか？」

「歴史を見ると、ヨーロッパの連中が条約を破るなど全く平気ですよ……」

納得できないけれど、武力を背景としたその当時の世界政治のパワーバランスの決め方に、ひでみは唖然とした。

そして怒りが込み上げてきた。

「男爵さん、よく分かりました。でも、当時の日本は頑張っていたのですね。満洲の建国なんて、清朝のラストエンペラー愛新覚羅溥儀《あいしんかくらふぎ》さんと日本の間で作られた夢の世界が満洲國だ。と、美しく捉えていたのですが、色々ありますねぇ……」

「でもね、そんなに悲観的になることもないよ、ひでみさん……」

「男爵さん、どういうことですか？」

「いやさ、それはそれで、あの当時の軍部の中で、たいへん優秀な人物がいたのです。かの石原莞爾《いしわらかんじ》さんだ……」

「はい、名前だけはよく知っています。でも彼は下剋上を地で行った人で、傍若無人で『満洲事変を起した張本人』だと、歴史の教科書的にはけっして評判の良い人ではないのですよ。分っています……」

「ひでみさん、今からトーマスさんと私が共同作業でレクチャーします。このプロジェクト始まって色々調べ、状況が理解できるまで、何もわかりませんでした。せいぜい今のひでみさんと同じ程度の認識しかもっていなかったのです。今は、違います。彼の功績は、解釈する人によって違います。それぞれが異なる評価をしているようです」
とここまで、エセ男爵が喋り、その傍《かたわ》ら、トーマス青木が石原莞爾小史のコピーを全員に配る。

旧日本帝国陸軍　石原莞爾中将　小史

（一）明治二十二年（一八八九年）山形県（現）鶴岡市で誕生。父親は警察官で、転住多くあった。幼少期は病弱であったが学業成績はたいへん優秀であった。明治三十五年（一九〇二年）仙台陸軍地方幼年学校入学。総員五一名の中、卒業するまで一番の成績だった。
（二）明治三十八年（一九〇五年）陸軍幼年学校入学。この頃、田中智学の『妙法蓮華経』（法華経）関連の書籍を読み始める。明治四十年（一九〇七年）陸軍士官学校入学。大正四年（一九一六年）陸軍大学校入学。大正七年陸軍大学を次席で卒業。その後、ドイツへ留学する。
（三）昭和三年（一九二八年）関東軍作戦主任参謀として満洲へ赴任。自身の『最終戦争論』を基に、関東軍満蒙領有計画を立案する。
（四）昭和六年（一九三一年）奉天郊外柳条湖の満鉄路線爆破事件（張作霖爆死）を発端に、板垣

征四郎（当時、関東軍高級参謀）と石原莞爾（当時、関東軍作戦課長）は結託して軍事行動『満洲事変』を開始。二十三万の張学良軍を相手に、わずか一万数千の兵力で、日本本土の約三倍の面積をもつ満洲の占領を実現した。

（五）昭和七年（一九三二年）後半から、対ソ戦軍拡を目指した石原は、支那大陸への戦線拡大に反対する。すなわち戦線不拡大方針を唱える。

（六）昭和十二年（一九三七年）の蘆溝橋事件により支那事変始まる。その時、石原は参謀本部作戦部長だったが、作戦課長の武藤などは強硬路線を主張し、戦線は拡大の一途をたどる。戦線が泥沼化すること予見し、継続的に不拡大工作をする。しかし、当時の関東軍参謀長東條英機ら、中枢との対立は深まる。結局、参謀本部機構改革で左遷され、

（七）同年（昭和十二年）九月に関東軍副参謀長として満洲へ戻り、翌十月に新京に着任。翌年（昭和十三年）春から参謀長東条英機と満洲國戦略構想をめぐって確執が深まる。

（八）昭和十三年（一九三八年）に参謀副長を罷免され、舞鶴要塞司令官に補される。さらに昭和一四年（一九三九年）には留守番部隊の第一六師団師団長に補される。これら一連の閑職への配置転換は、東條の根回しが在ったと考えられる。

（九）昭和十六年（一九四一年）三月、太平洋戦争開戦の前年に現役を退き、予備役へ編入。

（十）昭和十六年（一九四一年）四月、立命館総長中川小十郎により新設された国防学講座の講師として招かれる。こうして、軍を追われて尚も石原莞爾中将は将来を見据え、大学の一般教

養課程で、軍事学の必要性を説き、実践していた。

「以上、石原莞爾中将の小史です……」

「尚、昭和二十三年一月、東京軍事裁判酒田法廷に証人として出廷されています。そして昭和二十四年八月、永眠されました…」

メンバーは全員、いささか疲れてしまった。ここで数十秒の沈黙が続く。

「もう少し、トーマスが頑張ります。宜しくお願いします」

ミーティングの司会者はトーマス青木だ。

「さあ、石原莞爾中将の小史を手元に置いて、満洲事変とは何だったのか？　また、満洲の存在と昭和の日本を考えてみましょう。ひでみさん、女性のあなたから満洲事変の背景と、その首謀者とされた石原参謀課長のこと、いかがお考えですか？」

「石原莞爾さん、すてきですね。日本の旧陸軍は、秀才が揃っていたけれども皆揃って視野の狭い、応用の利かない、頭の固い集団だと思っていたのですが、違っていました。でも、残念ですねえ、石原莞爾さんは少数派だったのだ。そして太平洋戦争に入る前に、陸軍を退役しておられるのですねぇ……」

ひでみの話をトーマスが受けて、

「そうです。東條さんとは特に犬猿の仲だった。結局、東條英機に足引っ張られたようなものです。石原莞爾さんが退役された後、東條さんの声がかりで二人が差しで面談されたらしい。その時すでに、対米戦の旗色悪く日本の敗色が濃くなりつつある時だった。東條さんが石原さんに『君ならどうする？』と問われたら、即刻『先ず、第一に、君（東條）が総理大臣を辞職する事だ！　君が辞めなきゃ何も始まらん……』と、喝破されたと聞く。でもって会談は、すぐに終了したらしい」

ひでみに戻って、

「トーマスさん、何だか一般論的に、そして大多数の近代歴史学者が書いた本の中では、満洲事変の首謀者は石原莞爾さん。彼が中心となって満洲を領有した。しかも日本の中央政府の意向に逆らって、また軍の上層部に許可もとらずに軍事行動した。と言われていますが、如何なのでしょうか？」

「ひでみさんはどう思いますか？」

「当時の日本の国にとっては、良かったのではありませんか？　なぜならば、当時の日本は、いやいや日本だけではなく、あの頃は世界中が大不況だったのです。そんな時、日本政府が満洲の建国に協力し、日本人のみならず五族協和して、アジア民族が挙って国創りする。そこに日本の貧しい人達が開拓団員として移住する。その移住先が満洲で、誰の所有物でもない土地を開墾して耕し、新しく作物を作りに行くのです。理想的な計画です」

「そうです、ひでみさん、満洲はもともと清朝のご先祖さんの住んでいた広大な土地で、清朝末期には特に、誰も使っていない、使わせていない、極端に言えば只の空き地だったのです。そこへ、もともと馬賊の首領だった張作霖が自分の軍閥（軍隊）を構成し、満洲全域を支配し始めた。日本軍はその張作霖を排除するつもりで柳条湖爆破事件を起こしたのです。がしかし、排除した途端、その息子の張学良が出てきて、すぐさま国民党の蒋介石と結託し、満洲を蒋介石軍に献上しようとした。さて、ここから石原さんたち関東軍が忙しくなった。張学良と蒋介石を排除しなければ満洲国は設立できない。だから大急ぎで張学良の軍閥二十三万人を、わずか二万人に満たない関東軍によって、満洲全土から排除したのです。しかも時間は一年かかっていない。僅か、ひと夏の出来事でしょう。参謀課長石原さんの作戦が的中し、且つ関東軍の兵隊さんは強かった。当時石原さんの満洲での軍事行動は、日本のみならずヨーロッパ全土つまり世界中に知れ渡ったのです。勝ち戦《かちいくさ》で喜んだのは日本の一般庶民でした。不況で疲弊しきっていた一般庶民は、満洲の地に希望の光を見て、自分たちの将来の夢を描いたのです。日本政府と軍部の中枢は、石原さんたち関東軍に軍事攻撃の許可を出していない。放っておけば張学良と蒋介石によって満蒙の地を空け渡すことになる。そうならない為には時間との戦いもあったのです。加えて、柳条湖事件の後にはマスコミを通し、国民の大多数が賛同しているので、もう止めるわけにもいかなかった。いわゆる『下剋上』の行動が、満洲事変の全てです……」

トーマスの熱弁は、まだ続く。

「でもひでみさん、男爵さん、そしてコスケ君、どう思いますか?」

(……?)

ここで全員、思案する。が、トーマスはまだ喋る。

「満洲事変がスタートした段階で、下剋上という言葉を当てはめたくない。思考錯誤して止まない日本政府と軍部中枢にかわり、石原さんたち現場の第一線に立つ関東軍が、正しい行動をとっただけです」

「トーマスさん、よく言ってくれた。私も実は、そう思っているのです。石原さんには確かな目標があった。それは可能な限り短期間に満洲全域から排除したいものがある。それは盗人と悪党、馬賊に蒋介石国民党に雇われた盗賊たちだ」

エセ男爵の会話はしばらく続く。

「ほぼ無法地帯で治安の悪かった満洲の地。そこへ入植した朝鮮人や日本人だけではなく、以前から住んでいる満洲人に対しても、狼藉を働き、金品や物品を盗む。強姦する。状況により殺す。そんな無法状態におかれたのが、大正時代から昭和の始めにかけての満洲だったらしい。だから張作霖の爆死を以って一挙に馬賊や軍閥に強盗を排除し、まともな王道楽土満洲國を創設する。そこに多くの日本人入植者を受け入れ、不況に喘ぎ苦しむ日本の国と日本人を救いたかったに違いないのです」

（四）

「男爵さん、ちょっと失礼して、途中で割って入ります。大事な質問があります」

「どうぞ、ひでみさん」

もともと大きなひでみの瞳は、緊張でますます大きく見開いている。

「やはり軍人はいかなる場合でも、政府の中枢の意向を受けて、現場の戦闘にあたらなければならないと確信します。ですから満洲事変のスタート地点は、やはり間違っていたのではないかと思います。男爵さん、トーマスさんも、如何でしょうか？」

「確かに、ひでみさんのご意見は正しい。でも、よく考えてみて下さい。何事も机上の空論では成り立って行きません。それと、私たち日本人の他国とは異なる歴史があります。その流れに沿って、私なりのお話を致します……」

と、エセ男爵は次のように語った。

「日本の歴史上の為政者を、歴史的流れの中で、つまりフローで見て下さい。まず、古墳時代から……」

と、話し始めた。

歴史上、日本には神話時代から存在した天皇家があり、権力者である豪族（貴族）たちがいた。理想の政治体制を構築するため、仏教を取り入れようとする豪族の派閥があり、それが政争に打ち勝った。その後、権力者（為政者）は遣隋使や遣唐使を派遣して大陸の文化と文物を取り入れた。権力の中枢にある天皇の取り巻き、即ち貴族たちが、仏教の教条とバランスを取りつつ政権の安定を維持したのが平安時代まで続く。

鎌倉時代に入ると、天皇を取り巻く貴族社会から政治の中枢は武家社会に移行する。武家社会による政治は、十三世紀に大きな政治局面すなわち国難を迎える。文永の役（一二七四年）ならびに弘安の役（一二八一年）の元寇《げんこう》など、蒙古襲来である。この時、天皇に伺いを立てつつも、武家社会を構成する鎌倉幕府の組織に属する武士の集団が先頭に立ち、国難を乗り切った歴史的事実がある。

その後室町時代を経て戦国時代を迎える。ポルトガルからの鉄砲伝来とともに、キリスト教宣教師たちが手先となって、ポルトガルやスペインにオランダ等の西欧諸国から植民地政策による日本への攻略が始まる。が、これまた鎖国政策なりキリスト教禁止令を出すなり、難局を切り抜けている。

極めつけは幕末から明治時代の出来事だ。江戸幕府は王政復古で、政治と権力の中枢を天皇に返上する。一旦は日本の国の舵取りを天皇にお返しするものの、やはり要所に武士階級の政治家が出現する。武家出身の政治家たちは、まず日本の国を守り、そして国を発展させる。

元来武力集団だった日本の武士たちは、歴史上、長年に渡り、政治を司《つかさど》って来た。ということは、長い歴史のうねりの中で経験を重ねた武家政治は、武力と政治力の両方を使い分けることの可能な、日本独特の武家集団が出来上がった。

その流れを汲んだ旧日本陸軍のエリートは、昭和の初期のあの時代、東アジア大陸の満洲の地で、みごとに政治力と武力の異なる両刀を、同時に使いこなした。

それが関東軍作戦課長の石原莞爾だった……

「と、私は考えています。どうでしょうか、ひでみさん、そして皆さん……」

エセ男爵は会話を締めくくった。


「みごとです。男爵さん、ありがとうございます。よく理解できました……」

「ひでみさん、もう一つ、当時の軍人について、特に欧州と支那大陸の軍隊について、話をさせて下さい」

「どうぞ、おねがいします……」

「一九世紀以前のヨーロッパは、意外と国家意識が無かったようです。つまり軍隊や兵を組織したい王様から、お金で雇われた『傭兵』がほとんどだったのです。また合わせて、近代国家になる前のヨーロッパは、国境が無かった。というより、しょっちゅう国境が変化していたのです。ハンガリーなんて何度も大国になった。そして時には中央アジアから攻められて、国が無くなったりした」

つまり、ヨーロッパの国では傭兵で戦っている。彼らは傭兵だから、金銭次第でどちらにでも付く事ができる。とエセ男爵は言う。

アジア大陸ではどうか。

日清戦争は、清朝が雇用した傭兵だったはず。だから負けても勝ってもお金が入れば、それでよし。命が危なくなったら前線から逃亡する。明治維新以降は、武士階級以外でも兵隊さんに成れた。徴兵制度がいつからできたか？　調べないとわからないけれど、日本の兵隊さんはたいへんよく訓練されていて、日清戦争当時は清国の兵隊さんとは比べ物にならないほど、強い陸軍の兵隊さんだったと思います。

いや、実際にめちゃくちゃ強かったらしい。それは、戦後になって英国人やオランダ人の退役軍人の多くが、それぞれの手記やマスコミなどのインタビューで証言しています。命懸けで戦に及んだ日本の兵隊さんの強さは尋常ではなかった。と、白人が語っているのです。

日露戦争はどうだったか？　ロシア兵の士気は日本の兵隊さんほどには高くなかったと思いますが、何しろ当時、世界一の陸軍だと言われたロシア陸軍の兵力は半端ではなかった。ともあれ、日露戦争では日本軍が勝った。

昭和初期の第一次大戦は、日本の軍隊はほとんど戦っていないのです。これは論評から外しておきましょう。

さて、満洲事変から始まった日中戦争は如何か？　先に述べた清国軍の兵隊さんと同じです。馬賊から軍閥へ、蔣介石の軍隊も、後の毛沢東率いる赤軍も、ほとんど同じです。そして、項羽と劉邦の時代、三国志の時代、それらの時代の兵隊も二十世紀の兵隊も、支那ではほとんど変わりない。と思って差し支えありません。しいて違いを述べれば、それぞれの兵隊さんの手持ちの武器が変化した、近代化されただけです。青竜刀と弓矢から、火縄銃にかわり、満洲事変の頃の馬賊は騎兵銃を持っている者もいれば、モーゼルの自動拳銃を持っている者もいた。

そして前世紀の昔から、支那大陸の兵隊さんの共通点は只一つ、食いはぐれた流浪の民でして、誰でも良い。ご飯を食べさせてくれる親分に、ただひたすら付いて行く。食せなくなったら、その親分から離れていく。そしてまた別の、ご飯を食べさせてくれるボスを探す。さしずめ彼等の親分は強盗の親玉で、兵隊の彼等はコソ泥です。

結論的には、日本の兵隊さんと同じレベルの兵隊さんは、あの当時の支那大陸には居なかったのです。

「話は戻ります。石原莞爾作戦課長は、満洲事変による満洲の安定が一通り済んだ段階で、次の作戦行動を示しました。それは、対ソ戦を考慮して、極力満洲での兵力の温存且つ充実を計ること。したがって日本陸軍の支那大陸全土に向けた拡大展開は、これを極力避け、加えて兵力の南方（東南アジア）向け展開は禁じ手とする作戦を提言し続けたのです……」

これを逆手に取り、何をのぼせたか、支那事変に向け突入していった日本帝国陸軍将校がいた。そして世界中の誰もが知っている歴史的事実の支那事変は、泥沼戦争に陥ってしまうのです。兵力の劣る蒋介石の軍は、日本軍が追いかけても支那大陸の奥へ逃げてしまう。逃げながら、途中の村や町で略奪を繰り返す。略奪しないと兵隊にメシが食わせられないから、同じ支那大陸に住む漢民族から略奪と強姦を繰り返しつつ、退却する。蒋介石の軍は、日本軍に勝てない。けれども逃げているから負けてもいない。蒋介石は、日米開戦以前の時点で既に、米国からの軍事援助を受けながら、日本軍と戦っていた。異なる国から取り寄せて、種類がバラバラだった小銃のほとんどがアメリカ製になり、その他機関銃や重砲等も整い始め、今まで補給困難だった小銃の弾丸や大砲の砲弾は、自動小銃でばら撒けるほどに充実していった。

これではいくら日本陸軍の将校がいきり立っても、支那軍には勝てるはずもない。しゃにむに大陸の奥地に攻め込み、勝利の見通しもなく、泥沼に入り込んでいった。

或る時、日本軍が航空機で攻め入った支那重慶の航空基地から、中華民国の旗を付けた戦闘機が舞いあがる。日本陸軍戦闘機『隼《はやぶさ》』のパイロットは、空中戦をやっている敵戦闘機のパイロットの顔と顔が合った。ところが、敵戦闘機に搭乗していたパイロットの顔は、明らかに欧米人の顔立ちだった。という逸話がある。

この事実は明らかに、支那事変の最前線で、米国は日本に戦いを挑んでいたことを語っている。

かの悪名高い『真珠湾攻撃は日本海軍による宣戦布告無しのだまし討ちだ』とルーズベルト大統領が嘘のレッテルを張り、米国民を対日戦争に誘導した卑劣極まりない所業だと、支那事変の段階からの嘘が、戦後GHQによっても言い伝えられ、今日の日本人に蔓延っている『近代史の自虐史観』を今、日本人自らの手で構成し、それを肯定しているのだから、まったく情けない限りです。

話戻って石原莞爾中将の事、エセ男爵流に総論すれば、次のようになる。

まず、第一に、

満洲事変を指導し下剋上と言われた一件は、歴史上、重大且つ緊急を要する時に、トップである天皇に上奏することなく独断専行して功を奏した歴史的事実あり、石原作戦課長の『あの時の判断』は、正しい結果、すなわち早急なる満洲国の治安維持と速やかな満洲国の建国に繋がった。と判断します。

第二に、

満洲事変勃発の次に、支那大陸への進出を断固反対した、その石原さんの判断は正しかった。支那事変が長引かなかったら、若き日本の兵隊さんの命と支那人の命の両方を救えたはずだ。加えて、昭和十九年の関東軍の南方転進も防げたはず。ならば、終戦以後のソ連軍による満洲侵略による被害も、若し関東軍が控えていれば、今少し穏やかに在留日本人の安全を確保し、多くの命を救えたはず。ゆめゆめ土壇場で、在留日本人を見捨てて関東軍が逃げ去った。という後付けの作り話は聴くに堪え難く、これもまた『自虐史観』のひとつでしょうか？

第三に、

昭和十七年（一九四二年）六月、石原莞爾中将が退役されて一年後、日本帝国海軍のミッドウエー海戦に大敗北を喫してのち、時の東條英機から質問あり『今後の日本の戦は如何にあるべきか？』（トーマス青木編）らしき質問があったとの事。この時、海軍の大失策を速やかに陸軍に伝えられていなかったらしく、石原さんは仰天されたと同時に『直ちに米国と外交上の交渉を持ち、停戦乃至休戦にするべし』（トーマス青木編）と答えられたという。なるほど、政治家以上の立派な武人政治家の発想であり、いかにも潔い。

第四に、

軍人に成られる以前から、日蓮宗を信奉？　されていたとのこと。先に記述したと思うが、武人が宗教を盾に戦を乗り越える事象は、歴史的武将に分かりやすく伺い知れる事ができる。その理由は（勉強不足で）解らないけれど、平清盛は剃髪して仏門に入った。室町時代の将軍にして然り。戦国武将では武田信玄公に上杉謙信公が分かり易く、その他キリスト教徒に成った戦国大名もいる。

満洲における石原莞爾将軍は、事あるごとに『南無妙法蓮華経』のお題目をしたためた幟旗を用意し、満洲での各種イベント会場の入口に立てかけておられたと聞く。あわせてお題目の書かれた幟旗を撮影した写真が印刷された書籍も見受けた記憶がある。

あらためて思うに、軍部と宗教が結びつく典型的な事象が、満洲国と関東軍幹部の間に見受けられる。当然ながら布教のため渡満された筧義章師は、日蓮宗の僧侶であります。たぶん、否、確実に石原莞爾将軍と、満洲のどこかでお会いになり、時に厳しく荘厳に議論され、あるいは親しくご歓談されたに違いない。

筧義章師の渡満。
日蓮主義と石原莞爾将軍の存在。
仏教発祥の地インドの独立運動家ナイル氏。
そして奇跡の人パール博士への道程を探る。
等々、

このプロジェクトチームの知り得た歴史事実は、エセ男爵にとっては大変貴重なものであった。彼にとっては、大きなダイヤモンドの原石を手に入れたことに等しい。つまり、自分の手で集合させ、参加を呼び掛けたプロジェクトチームの、ここまでの活動状況を顧みて、自画自賛した。

第五章

石碑に誓って

（一）

広島の街、その中心を東西に約四キロにわたって通り抜ける平和大通り。その大通りに並行して通る南側の道路沿いに『本照寺』がある。

メンバー四人揃って本照寺に参上し、パール博士石碑にお参りしたのは午後四時半過ぎていた。住職にご挨拶を済ませた後、寺の駐車場に止めたトーマス青木の車にメンバー全員が乗りこみ、退散した。

「さあ、行こう。ひでみさんが予約してくれたスナックに行きましょう」


年が変った。

令和二年二月の下旬のこと、エセ男爵の誕生日前の週末、プロジェクトメンバーが集まった。エセ男爵のバースデーパーティーと称してミーティングを兼ね、飲み会を開いたのだ。

「男爵さん、申し訳ない。ちょっと私のミステイクです」

「なんだって？　トーマスさん」

トーマス青木の失敗とは、本照寺の駐車場ではなく、前もって並木通りの駐車場に入れ、飲み会の会場には徒歩でいけばよかった、と反省する。夕方のこの時間、ラッシュアワーに入っていた。

「よかったら徒歩で、皆さん先に会場に行って下さい。私は今から車を動かし、飲み会会場の近くの駐車場に入れてから、合流します」

「大丈夫です。私達は歩きます……」

結局トーマス青木とコスケが車で移動し、ひでみとエセ男爵が歩いた。会場に到着したのは午後五時半を少し回っていた。

「いらっしゃい、ひでみさん。お待ちしていました」

「マスター、お久しぶりです。早く開けて下さって助かります。たいへんありがとうございます」

通常の開店時間は七時半である。

約十五分遅れでトーマス青木とコスケが到着。全員揃ったところでトーマス青木がマイクを持つまねごとをする。

「みなさん、グラスを持って下さい。乾杯しましょう」

全員ビアジョッキを持つ。

トーマスが音頭をとる。

「男爵さん、お誕生日おめでとうございます」

「乾杯！」

「みなさん、ありがとうございます！」

同じビルの中に、おでん専門店と焼鳥屋に、テールスープ専門の焼肉屋さん等、各店から順序良く段取り良く出前を取り、パーティーはスムーズに進行した。

ビールの苦手なコスケは、スコッチのソーダ割り、いわゆるハイボールに切り替える。

「そうだ、コスケ君はビールをあまりやらないねぇ。理由は分かっている。聞かないよ……」

「はい、男爵さんご存じの通り、私は、というよりハンガリー人の多くは、ドイツ人が好きではないのです。ほとんどのドイツ人は、ビールが大好きです。連中はビールで乾杯します。だからビールが嫌いになったのです」

歴史上、事あるたびに、ハンガリーはドイツ側について戦ってきた。直近では第二次世界大戦では枢軸国ドイツと一緒になって戦い、その前の第一次世界大戦もドイツと一緒に戦って、そして負けた。その結果、第二次大戦後はソ連側に組み込まれ、ごく最近までソ連の影響を受けてきた。ドイツもさることながら、この半世紀間はソ連に散々な目にあった。そんな歴史を背景にしたハンガリー人の今がある。

「でも男爵さんはビールとスコッチの好きな人だから、そしてワインをやらない人だから、ドイツとは関係ない事はよく知っていますから、大丈夫です……」


久しぶりにアルコールが入ったコスケは、いつになく陽気だ。

生ビールを味わいながら、エセ男爵は先代住職（第二十六世覚義之師）を回想するエセ男爵は、いつもの独り言を始めた。

「思い出すなあ、本照寺の先代住職のこと。その時にテーマとなっている話をお聞きしている途中なのに突然、お父上の話題に転ずる」

「話がそれてしまって、突然に御父上覚義章さんの話が出てくるのだ」

トーマス青木が聞き役になっていた。

「え？　どうして先々代住職、お父上、いや、今はおじい様、の話題になるのですか？」

ビアグラス片手に、夢遊病者のように想いを巡らせる追憶の彼方から、フッと、現実に戻るエセ男爵なのだ。その時、彼の表情は少年のように穏やかで、長年に亘って患っている白内障の両眼は、輝きを取り戻し、透き通っていた。

「先代住職の義之さんには、もっと長生きして頂きたかった。お付き合い下さったのは僅か十年間くらいか？」

「どういう意味ですか？　なぜ十年だったのですか？」

「私の親父が亡くなってから数年を経て、ようやく先代住職が私に対し、直接お話をして下さるようになった。それまでは全て、当然ながら、私の父がお寺関係の対応をしていたのだ。先代住職がお亡くなりになってから、もう三年も前になるか？」

状況が分かったトーマス青木は、エセ男爵からの次の説明を待った。

「先代は、私と二人だけになった時は、お寺や宗教の話から外れてしまい、よく経済問題とか政治の話題からさらに国際情勢をテーマに私に話された。ご自身の意見を確認されるかのように、さりげなく私に対して、私自身の意見を問いかけておられたような気がする。でも時々、話題がすっ飛んでしまって、先々代住職の事や、満洲時代の出来事を、私に投げかけて来られた。トーマスさん聴いて下さい。私はね、最初は特に、『何故《どう》して満洲のことをおっしゃりたいのか？』が、良く理解できなかった」

「先代住職のお生れは、満洲でしたね？」

「そう、でもご自身の満洲の思い出は全く話されなかった」

「よく話をされていたのは、御父上の先々代住職の事だった……」

「先々代住職が、まだお若かった原爆の後の戦後の話です。法事があって、檀家さんの法事に招かれた時、よくお酒を飲まれていた。そのうち檀家さんから電話がかかり、何度もお迎えに行かれたそうです」

「で、迎えに行かれて、どうなるのですか？」

「飲み過ぎて、腰が据わって、動けなくなっておられるから、お寺に連れて帰って欲しい。と、檀家さんから懇願される。仕方なく、ご子息の義之さんが迎えに行かれ、抱き抱えて連れ帰られていたそうです。昭和二、三十年頃というと、今のように自家用の車が無かった時代だから、そのご苦労は、想像を絶しますなあ」

「おじい様は、お酒が好きだったのですね？」

ここでひでみが口を切る。

「男爵さん、トーマスさん、私には想像できます。満洲で十三年も過ごされたおじい様は、お酒が強くなられたのは当然でして、いいえ、自然ですし、当り前だと思います。何故なら、満洲の地は冬場になると零下四十度から五十度くらいまで、気温が下がったらしいです。昨年満洲の勉強をしている時、何度も読みました……」

「なるほど、ひでみさん。でも、法事のあった時だけではなく、夜な夜な満洲から帰国された人たちが本照寺の本堂に集い、酒盛りが開かれていた。と先代住職から聞きました」

「昨年の末頃に調べました。広島からハワイやブラジルに移住した人は全国的にもトップクラスでした。もちろん満洲移住者数も、広島県はかなり多かった。おじい様が広島に赴任されてからは、広島の本照寺は満洲から帰られた人々の集いの場になっても不思議ではないと思います。また、先々先代住職様にはそれ相応の人望がおありだったと、想像が付きます」

「いやさ、ひでみさん、その通り。当時の本照寺は、まるで梁山泊（水滸伝）だったのです」

「お集まりになった皆さんは、先々代住職が僧侶であったにもかかわらず、満洲時代での大親分だった」

皆、無口になっていた。そして、エセ男爵の喋りに耳を傾けていた。

（……）

「ともあれ日本は負けた。日本の本土に帰って尚も、大満洲國の夢を追いかけておられたに違いない……」

「でしょうねえ」

と、ひでみは頷きながら、ワイングラスを傾ける。

「ほんとうに、先代住職には、もっと長生きして頂きたかった。そしてもっともっと、記憶に残しておられる限りの、満洲の思い出を語って頂きたかった……」

「満洲では政財界や軍部の方々とのお付き合いがあったのでしょうねえ、昔は特に、お酒がお付き合いの潤滑油になっていたのでしょうか?」

トーマスはスコッチの水割りを片手に、エセ男爵に語りかける。

「間違いなくお酒など、その場に必須だったはず。でもねえ、トーマスさん、陸軍中将石原莞爾さんの現役時代は普通の陸軍軍人のイメージとは違っていて、酒もたばこも一切、嗜まれない人だったらしい」

「例えば作戦会議中に、他の多くの将校たちがタバコを燻らしている最中に、ご自身は甘いものを口にされ、つまり飴や羊羹にかりん糖、はたまた煎餅などで、気分転換されていたと言われています」

「確かに、先々代住職と石原莞爾さんは、満洲のどこかでご一緒されているはず。ひょっとすると、日蓮宗のイベント、又は何かの会議……。　あるいは懇親会などで、席を同じくされたに違いない!」

「そうですか、男爵さん」

「先々代住職ご自身の、満洲でのご活躍を先代住職にお聞きしたかったけれど、たぶん満洲の出来事は、多くご存じなかったと思います」

「まだ小学校時代だったはずでして……」

「いや実は、今となれば何だってよかったのです。先代住職のご趣味だった写真撮影、執筆のお話、生臭い政治問題や高尚な国際問題のお話、海外旅行の体験談あれこれ、色々とお聞きしたかった」

酔いが回ったことも手伝って、エセ男爵は心から先代住職を懐かしみ、脳裡に湧き出て来る想い出と共に、よりいっそう先代住職への尊敬の念が膨らんでいた。

いささか酔っぱらって饒舌になり、懐かしく語るエセ男爵の談義は、次に出たひでみの質問によって、うまく打ち切られた格好になる。

（二）

「ところで男爵さん、ひとつ、宿題が残っています」

「なんでしたっけ？」

「前回の時間切れになっていました『若し、今も尚、満洲国が日本と密接な関係の国であるならば、今の世界はどうなっていたか？』のこと、です」

「そうそう、宿題がありました」

「男爵さんには是非、戦後の日本のことを語って頂きたいのです……」

「あいかわらず厳しい質問ですね、ひでみさん」

「はい、是非お願いします」

「そのテーマに入る前に、是非お伝えしておかなければならない事案があります。それは、支那事変の事です。支那大陸という泥沼に入っていなければ、昭和の日本史はどうなったか？　先ずひでみさんに、この辺りの経緯を理解して頂きたい……」

「実はそうなのです、男爵さん。はっきり言って、若し日本が大東亜戦争に勝っていたら、世界はどうなっているのか、と時々思っていたのです……」

「ちょっと無理だ、ひでみさん。私も以前から、もっともっと若い頃から何度となく同じこと考えていたのです。若し日本が、アメリカに勝っていたら、等と。結論から言って、それは無理です……」

「そうでしょうか？」

「ひでみさんは、男の子が考えるような事をテーマにして質問するのですね」

「どこか変でしょうか？　勝負に負けたら、次に勝つための方策を考えるのは当然でしょう。だから反省するのです。次の段取りを考えない反省は、反省ではない。ナンセンスです」

航空会社の国際線乗務員として活躍した経験を持つひでみは、トーマスやエセ男爵が想像する以上に、先ず、彼女自身が欧米人への対抗心を持ち、併せて日本人であるという自尊心を無意識に培い、いつのまにか『自国を愛する気分』を心に秘めた日本人女性に育っているのだ。

「わかった、ひでみさん。私自身、勉強を始めたばかりなのですが、もう少しプロジェクトチームの皆で、石原莞爾さんの考えておられた事を、あの時に満洲で実行しておられたら、あの戦《いくさ》はどうなったか？ 等々を、あらためてもう一度、復習してみましょう」

エセ男爵は、石原莞爾中将の生き様に、ある種の少年じみた憧憬をもち、なぜか大きく傾倒し始めていた。


当時の陸軍の人事の背景には、内部派閥の問題が大きく横たわっていた。

昭和十一年（一九三六年）年に起きた『二・二六事件』の背景には、陸軍内部の派閥、皇道派と統制派の派閥抗争があったと言われ、事件そのものは皇道派の影響を受けた青年将校達が起こしたクーデターである。

この時、石原莞爾は率先して現場の鎮圧と指導にあたった。石原は何れの派閥にも所属していなかったけれど、参謀本部付けの高級将校の中、この事件の後に、陸軍中枢の重要ポストの多くが、統制派の将校と入れ替わる事になる。

皇道派とは、

日本文化を重んじ、物質より精神を重視。ソ連を攻撃する必要性を主張した。これを北進論と言う。

統制派は、

当時のドイツの思想的影響濃く、中央集権化した経済軍事計画なかでも総力戦理論、技術の近代化と機械化を提案し、支那大陸への拡大を支持した。南進論という。

話は繰返し前後するが、昭和六年（一九三一年）石原莞爾関東軍参謀課長在任中の当時、柳条湖の満鉄路線爆破事件から端を発した満洲事変を起し一気に満洲全域を軍事制覇している。石原は、翌年の昭和七年（一九三二年）後半から既に、対ソ戦の軍拡を提唱する。支那大陸への戦線拡大には大反対をしている。石原の派閥を見た場合、つまり前述の図式からすると、皇道派になる。しかしながら、いずれの派閥にも属していない、いわゆる一匹狼であった。

昭和十二年（一九三七年）の蘆溝橋事件勃発から支那事変への展開となる時点に、すでに左遷された石原は、満洲に不在。その翌々年の昭和十四年（一九三九年）五月に『ノモンハン事件』勃発。これは当時の満洲とソ連ならびに蒙古との国境紛争に端を発し、始まった武力紛争である。

戦況結果の概略は次の通りである。

開戦当初の戦力（一九三九年・昭和十四年）

総兵力　＝　日・五万八千人　露・六万九千百一人
投入兵力　＝　日・八千人　露・五万一千九百五十人
戦車　＝　日・無　露・四百三十八輌　（装甲車三百八十五輌）
火砲　＝　日・七十門　露・無

戦果（一九三九年五月十一日〜九月十六日）
戦死者数　＝　日・七千六百九十六人　露・九千七百三人（蒙古軍・二百八十人）
戦傷者数　＝　日・八千六百四十七人　露・一万五千九百五十二人（蒙・七百十人）
非捕虜数　＝　日・一千二十一人（内生存者数は五百六十七人）露・無
戦車損失　＝　日・二十九輌　露・三百九十七輌　及び装甲車数十輌
航空機　＝　日・百七十九機　露・二百五十一機

結果、ソ連軍の勝利とされた。

日露の投入戦力比較は、
ソ連が日本の四倍の戦力を以って開戦に至った。
なれど、戦争が終了した時点の結果として、単純に数字を比較すれば、勝敗は明らかに日本軍である。

しかし双方膨大な損害を出し、且つソ連側の損害が判明しない当時の日本陸軍は、日本の方が完全な敗北を喫したと思い込んだ。関東軍はじめ、支那事変に投入される予定の兵力も、ノモンハン事件に加わり、多くの被害を出した。そのため多数の高級将校が責任を問われた。多くは自刃、あるいは左遷された。

ともあれ、ソ連の損害データが明らかになったのはごく最近の出来事で、ソ連が崩壊して今のロシアになり、さらにデータがこぼれ出してくるまでにはさらに年月が必要であった。

この事変終結の後、ソ連とモンゴルに満洲国を合わせて条約を結び国境紛争の防止に備えた。しかし、経験した敗北を反省し、戦闘結果から得たデータを分析し、以後の戦略構築に活かす展開を、当時の日本陸軍はしていない。実現したのは只一つ（敗北だと思い込んでいる状況と結果を踏まえ）、ソ連との協定を結んだことに甘んじ、兵力の展開をソ連からそらせた。すなわち日本帝国陸軍は例の『北進論』を思考停止し、その後は（一九四〇年以降）『南進論』に転じる。すなわちソ満国境の不安定さをしり目に、満洲より南の支那大陸に戦力を展開させ、支那事変を拡大する。また昭和十六年（一九四一年）の十二月真珠湾攻撃以降は、インドシナ（ベトナム）からマレーシアにシンガポールへ、フィリピンおよびボルネオ、インドネシアからニューギニア方面まで、太平洋の島々に至るまで、日本帝国海軍連合艦隊の展開に伴い、陸軍の兵力を注ぎ込んだ。

エセ男爵流に締めくくれば、

「間違った戦略拡大計画を展開する海軍に振り回されたのが、石原莞爾将軍が去った後の日本帝国陸軍の姿だったといっても過言ではない……」

（三）

この局面では、既に石原莞爾将軍は左遷されていて、一連の支那事変における戦線の拡大、ならびに対英米開戦後の太平洋戦線での作戦遂行には、一切関与していない。と、ここまでエセ男爵は説明しつつ、

「如何ですか、ひでみさん……」

「私は、石原将軍の当初のお考えの通り、対ソ戦の備えに重点を置き、従って支那大陸への戦線拡大は可能な限り慎み、まして対米戦争はあらゆる手段を以って避けて通る、といったお考えでした。正しかったと思います」

「男爵さんのお話、よく理解できます。でも、なぜ支那事変の戦線があそこまで拡大してしまったのでしょう?」

このひでみの質問に対し、エセ男爵は、

「どうやら支那事変の戦線拡大は、当時の軍部と某政権の癒着から起きた結果だと、私は判断します。たいへんな空想ですが、とある政治家とその取り巻き連中が、いわゆるソ連共産党に心底共鳴していて、それらが日本転覆乃至《ないし》共産化を計画し、敢えて支那大陸に戦力を割かせていた。という仮説があります」

「男爵さん、それは大胆な仮説です。が、とある本の中で、その諸説を読んでいます。スパイは誰でしたっけ、名は、なんでしたっけ……」

「ゾルゲ、でしょう。ソ連のスパイだよね。当時の特高警察につかまって処刑されたよね」

「リヒャルト・ゾルゲ。そして尾崎秀実は近衛内閣のブレーンで政権中枢や軍内部に諜報活動網を巡らしていた。日本軍が対ソ戦に向うか、英領マレーやフィリピンに、オランダ領東インド（今のインドネシア）方面へ、つまり南方へ向うか、これを尾崎が当時の内閣へ働きかけたとされる。これら情報を、ゾルゲが入手しソ連へ通報した。この情報によりソ連は満洲国境に配備していた精鋭部隊をヨーロッパ方面へ移動し、ヨーロッパ戦線の要《かなめ》である独ソ戦に勝利したとされる……」

「お公家さん出身の総理大臣を弄んだのですね？」

「いやあ、ひでみさん、その通りですな。結局、支那事変へ深入りしたのも東南アジアに進出したのも、近衛内閣の時でしょう？」

「いやいや、戦争中は色々内閣が変わったからね。だれもかれも優柔不断で、迷い迷い泥沼に嵌《はま》り込んでいったのだ……」

エセ男爵はますます、石原莞爾将軍の戦略構想を絶賛する。それは、対ソ戦に備え、支那大陸への深入りを忌み嫌い、陸軍の南進は可能な限り避けて通る。

「若し、石原莞爾将軍が現役で参謀本部の中枢に居られたら、ソ連国境に強力な部隊を配備し、あわせて支那大陸への深入りは禁ずる。当然ながら南方への進出を避けておられたであろう」

「戦争の終盤に差し掛かる以前に、現役引退しておられた」

「そう、ひでみさん、あの東條英機が自分の派閥を守ることと、自分自身の保身のために、ことごとく石原さんを引きずり降ろしたのだ」

「でも、ハルノートから解かるように、米国は日本を真綿で首を絞め、追い詰めて、どうしても対米戦争に引っ張り出したかったのですよね。真珠湾攻撃を奇襲攻撃に仕立て、米国民を戦争に駆り立てたのはルーズベルト大統領です。だから例え、石原莞爾さんが現役で軍部にいらしても、対米戦は避けられなかったのではないでしょうか？」

「そう、ひでみさんの云う通り、いくら石原さんが頑張っても対米戦に突入していた、と思います。やってしまった真珠湾攻撃はともかくとして、問題はその後、石原将軍がおっしゃっていたのは『米国とは、切りのいい所で休戦に持ち込むべき』であって、ミッドウエー海戦で負ける前に、いや、ミッドウェーで真面目に？　半端に！　ぶつかり合う前に、休戦を持ちかける方策はあったと考えます」

「男爵さんの提言に賛成です」

「そのためには、支那大陸への深入りは厳禁だったはずですね。もともと日本の軍部には、ソ連と満洲の国境を堅持し、かつ蒋介石との戦線を万里の長城付近で食い止める。余力をもって朝鮮半島と台湾を握り締める。南方はフィリピンとボルネオ、マレーシアとシンガポールのラインでとどめておく。という感じであれば良かったか……」

「なぜか皆、インドを語らない。大英帝国にとどめを刺すにはインドの独立運動をもっともっと力を入れて補佐する必要があった。大失敗したインパール作戦を強行することなく、ここは海軍陸戦隊と共同して、直接インドへ侵攻するべきだった、と考える。インドの独立戦争を直接バックアップし、独立させる。ならばインド軍が中心となって、米軍の蒋介石に対する援軍ルートを破断してしまえば、日中戦争の展開はずっと楽になっていたはずだ。つまり、マレー半島からシンガポール、さらにインドの東海岸辺りに陸軍の南の拠点を設けて居れば、もっと持久戦に耐えることが可能だったかもしれん。海軍は、オーストラリアを意識したのであろうが、ニューギニアからラバウルに手足を伸ばし、珊瑚海海戦をやったのが大きな無駄な戦だった、と確信する」

ここでエセ男爵は一呼吸した。

(四)

「皆さんどう思う？　なぜ、真珠湾攻撃を第二波攻撃で終了し、第三波攻撃をせずに、途中で止めたのだろうか？　もう一回攻撃して、真珠湾の陸上軍事施設を叩かなかったのか？」

「真珠湾攻撃の現場の長官だった南雲さんがやらせなかった。あまり長くハワイ沖洋上に居ると、米海軍の航空母艦が戻ってきて、日本帝国海軍機動部隊が全滅してはならない。と全艦隊の帰還を決断したからだ。もったいないことをしたものだ。せっかくハワイまでせり出してきたのだから、ハワイ諸島を占領するか、石油貯蔵施設を完全撃破してしまえばよかったのだ」

本当は、当時の日本海軍陸戦隊を投入し、ハワイに上陸して米軍基地を占領してしまえばよかった。と、エセ男爵は考えていた。

ここで男爵の会話を遮ったのは、ひでみだった。

「どうして南雲さんは第二波攻撃だけで、帰還を決定したのですか？」

この質問に、エセ男爵は毅然として答える。

「すでにこの時代の日本帝国海軍の組織が、官僚組織そのものになり、明治時代の気風を失い、国を救い国を守るという発想を失っていたのだと思います。陸軍同様、海軍も十分に硬直化していたのですよ。国と国との喧嘩ですからね、日本伝統の武士道精神だけではダメなのです。叩きのめして、殺して、完膚なきまでにやってしまわなければだめだった……」

ここで一息つくエセ男爵は、スコッチの水割りを空ける。

ひでみは、さらに質問をする。

「もうひとつ、ミッドウェー海戦です。優秀な日本のパイロットの大多数が、海の藻屑と消えていった。航空母艦の主力が、ほとんど撃沈された。完敗だった。中途半端で腰が引けていた」

「最初から、ミッドウェーに上陸し、全島の占領作戦を敢行しなかったのですか？」

身を乗り出して話すひでみの表情が、ここにきて急激に変化する。

まぎれもなく大粒の涙がひでみの両眼からあふれ始める。

「私は、悔しくて堪らないのです。日本海軍の誇るパイロットたちの多くが、広い太平洋の海の藻屑と散っていったのです」

「想えば想うほど、あまりにも、かわいそうで、かわいそうで、堪《たま》らなくなるのです」

静かにひでみの話に耳を傾けていたエセ男爵は、水割りのグラスを片手に、答える。

「でもさあ、ひでみさん。ミッドウェーを占領していたとしても、位置的にはナンセンスな場所だったかも知れんなぁ……」

ここで一息、エセ男爵は間をおき、さらに、

「いやいや、日米が直接対決した『太平洋戦争のあらまし』をみるに、ことごとく日本の作戦情報が米軍諜報部に筒抜けになっているのです。あわせて、太平洋上の軍事行動もいわゆる電波探知機、今でいうレーダーの性能の違いで、日本海軍の戦艦や巡洋艦に駆逐艦まで、全ての位置情報が手に取るように解っていた」

「もうこうなったら日本海軍お得意の夜戦をしかけてもだめ、相手は昼間の如く位置が分かっているから照準通りの狙い撃ちで、戦にならない…」

等と語りながら、エセ男爵は顔をゆがめ、スコッチのロックグラスを傾ける。

「それでは勝てっこありませんよ。あらゆるスパイ活動に無頓着というか、軽視し通したのが、陸海軍問わず、日本の軍部の特徴だったのだったのですね」

飛び跳ねていくエセ男爵の話を、ひでみは引き戻そうとした。

「その頃、満洲はどうだったのでしょう?」

「そうそう、満洲を守るためには、南進に力を入れず英米と直接ぶつからないようにしておけばよかったのだ。どこかで英米と休戦協定を結べなかったのか? 残念でたまらない……」

「挙句の果ては昭和十九年の後半になって、満洲の関東軍の兵力のほとんど全部を、南方の戦線に移管した。つまり満洲の防衛線が空っぽになった。その情報は全部、スパイを通じてソ連に流れたはず。そうですよね、男爵さん」


いよいよ日本が力尽きてきた頃、昭和二十年（一九四五年）二月に、英はチャーチル、米はルーズベルト、ソ連のスターリンを加えた『ヤルタ会談』が開かれた。その時に、米大統領ルーズベルトが、日本とは中立の約束をしていたソ連に（ドイツ陥落後九十日以内に）、満洲の攻略を依頼しているのだ。この情報は全く日本には入って来なかった。米国も対日戦の終戦を急ぎたく、広島と長崎へ原爆投下した。

一事《いちじ》が万事《ばんじ》、

若し、

(イ)日本軍が支那大陸に深入りしていなければ、

(ロ)真珠湾攻撃の後、頃合いを見計らって対米戦の休戦が出来ていたら、

(ハ)対ソ戦に備え、満洲国境での関東軍の軍備が万全であったら、

「(イ)が、実現していれば、英米に対する外交交渉に、ゆとりをもって対応できたはず。(ロ)が実現できていれば、建国して間もない満洲国の運営にゆとりが持て、満洲国を軸に工業生産の進展が見られたはず。終戦を焦ったトルーマン大統領が、広島と長崎に原爆を落とすことも無かったかも? (ハ)の実現があれば、満洲在住日本人の被害は起こり得なかったはずだ。台湾と朝鮮、あるいは満洲も、日本に残せた可能性がある……」

等々、

エセ男爵とひでみの話は尽きない。

ようやくここで、先の満洲事変から始まった支那事変(日中戦争)をひっくるめての大東亜戦争、

加えて太平洋戦争終戦の時点での仮説が成り立った。

「ひでみさん、答えを出さなきゃならん。結論的に言えば、やはり満洲は、日本の側《がわ》に残せなかったのかも知れんなあ……」

「男爵さん、そしてトーマスさん、すこし違います。異なった視点で私にとっては大きな成果があります。それは、日本の国は、決して侵略戦争はしていなかった。あくまでも自衛のための戦争だった。それが私の探していた結論です」

(……?)

メンバーは皆、ひでみの発言に興味を示した。

「清朝の最後、あのラストエンペラー愛新覚羅溥儀さんを満洲國の皇帝として擁立し『満洲を国のカタチにした』のは、やはり日本の軍部なのです。日本は武家政治の伝統があったのです。武士である日本陸軍の将兵が、ラストエンペラーを応援し、満洲国ができたのは、日本人の生れ持った感性に従った迄のこと。まさに正当処理ですよ。よく思いだして下さい。今と違ってあの頃あの時、日本以外のアジアは、ほとんど全部が列強の植民地だったのです。インドもパキスタンもシンガポールもビルマ(ミャンマー)も、加えて支那大陸の揚子江流域も、全部英国領だったのです。さらにインドシナ(今のベトナム)はフランス。そしてオランダは東インド(今のインドネシア)を、それぞれ植民地として領有していたのです。わずかにタイ国がイギリスの影響を受けながら独立していたのかな？　そして肝心の支那大陸はといえば、毛沢東の赤軍、蔣介石の中華民国軍、そのほか軍閥が乱立している状態でした。ですから支那大陸は、昭和二十年の第二次大戦終戦まで、決して国家の様相を呈していなかったのです。蔣介石は米国から、毛沢東はソ連から、それぞれ武器及び軍資金の提供を受けながら、当時の日本陸軍と戦っていたのです。言い換えれば、清朝が崩壊してのち、支那大陸は群雄割拠していて、毛沢東はソ連の手先、蔣介石は米国の手先だった訳で、すでに日本と欧米の白人との代理戦争をしていたのです……」

一呼吸ついたひでみは、グラスを傾けながら、静かに語り続ける

「だとすれば別段、真珠湾攻撃は日本の奇襲攻撃でもないわけで、日本の英米に対する宣戦布告は、それ以前に布告されていた。消されかかっている歴史の事実を見返せば、日本は卑怯でも何でもないのですよ！」

少し声を詰まらせながら、ひでみは、さらに、

「そして戦後、アジアの国々は皆、独立したではありませんか。日本のお陰で独立できたと思っている国は多い。ほとんど全部です！」

ひでみの顔は紅潮し、眼が潤んでいる。

「昭和のあの時代、日本が、英米と闘った。その結果のできごとです」
語り終えたひでみから、
自らが日本人であることを意識し、日本の辿ってきた『昭和の歴史』に誇りを持とうとする、彼女の情熱がひしひしと伝わってきた。

さらにひでみに続き、エセ男爵が話題を展開する。

「戦後の満洲はどうか？　それは、満洲が支那大陸と陸続きだったから、中華人民共和国となった？」

「ちょっと違います……」

持論を持つひでみは、説明を続ける。

満洲は、昭和二十年八月に、ソ連軍がソ連と満洲の国境を越えてなだれ込んで来た。何ら宣戦布告もなしに、ですよ。まるで火事場泥棒のように、満洲はソ連に分捕られたのです。そののち蒋介石ではなく毛沢東に渡している。従って現在、中華人民共和国の一部になっている。

「もう少し、満洲の問題を取り上げさせて下さい」

「ひでみさん、どうぞお願いします……」

「はい、満洲はね、終戦の時点で『戦勝国の代表』である米国が領有すればよかったのです。ヤルタ会談でソ連のスターリンが加わったから面倒になった。若しどこかで太平洋戦争を休戦していたら、日本はその時に満洲と朝鮮半島を米国に渡しておけばよかったと、今思っています。日本は台湾だけを面倒みる。北方領土は先ず四島と樺太の半分を、そのまま維持しておけばよかったのです。一切ソ連に渡す必要はなかったのだ」

「今の中華人民共和国を、ひでみさんは、どう思いますか？」

「問題はそれです。あの時に、昭和二十年に毛沢東ではなく蒋介石に大陸統治を任せておけば、今の支那大陸は資本主義国家として成り立っていたかどうか？　あわせて、現在崩壊したソ連邦は、いまだに共産主義時代のきな臭さを残したまま、自由主義世界の中に溶け込もうとしている。要するに共産主義体制は崩壊したにも関わらず、悪しきシステムが共産主義時代のまま残っている。面倒な状態が継続しています。だから中華人民共和国は、私の希望的観測ですが、いずれは今の共産党体制が崩壊して欲しい！　版図が大き過ぎるので分裂して小さな国家の集合体になって欲しい。例えば、チベットを独立させ、西域の新疆ウイグル自治区を国家として独立させ、そして満洲は、あらためて独立させて欲しい、と願っています」

「そうだ、昨年末のことですが、満洲の文化を調べていたころ、今の日本人が中国から伝わった文化だと思っている料理、それからチャイナドレスなど、歌など、ほとんど全部、当時の満洲国から伝わったものなのです。今も昔も、私自身も、一般的な日本人にとって、当時の満洲の風俗習慣や文化が、中国なのです……」

エセ男爵は、

「ひでみさんは知っているだろう、マッカーサー率いるGHQが戦後直ちに日本に上陸し、敗戦国日本を占領統治した。そのとき、戦勝国がそれぞれに、日本を分割統治しようとする案があった。先ずソ連が北海道から東北界隈まで、米国が東京都中部地方から関西圏まで、英国が中国地方から四国？　はたまた蒋介石の中華民国が九州に沖縄列島？　となったら今の日本は完全に消滅していたかもわかりません。そのときはマッカーサーが天皇制と日本の国土を守ってくれたらしい……」

「そうでしたね……」

「まあ、ひでみさん、ここまで語れば、先の質問『満洲国の成行き』の質問の答えに成ったようで成らないような、結論が出ませんねぇ……」

「いえ、男爵さん、良く分かりました。色々な要素についてもっと語りたいのですが、今は置いておきましょう。なにはともあれ、当時の満洲の存在は、戦後の体制にも大きな影響が出たのは確かです……」


一段落した。

飲み会の本来の姿に戻り、メンバーは酒を酌み交わした。

（五）

「アメリカは、本当にバカな事をした。原爆を使う必要なんて無かったのです。男爵さん、そうでしょう……」

すこし酔いの回ったトーマス青木が、独り事をいう。

「全くその通りだね。原爆はもとより、やはり東京空襲をはじめ、日本全国の主要都市を無差別に爆撃したのは間違っている。戦《いくさ》とは、軍服を着た将兵同士が戦《たたか》って勝敗を決するものだ。でも日本軍も、上海爆撃などをやっているからね。みごとにあれは、蒋介石の煽り立てた戦略に、日本政府も軍部も挙《こぞ》って、罠に嵌《はま》り込んでしまったのですなあ」

総力戦になったら兵隊さん同士の戦いでは済まなくなる。アメリカは、日本が日露戦争に勝って満洲の満鉄を占有した段階から、日本潰しを考え始めた。例のオレンジ作戦ですよ。これはアメリカが、一方的に想定した。そうなると、とことん潰し合いになる。民間人を巻き込み、殺し合いするのは惨たらし過ぎる。太平洋戦争は酷《ひど》過ぎた。

合わせて大陸では、終戦と同時にソ連による侵略による民間人の被害を、満洲で経験した。本土決戦を想定した米軍の沖縄攻撃も、悲惨だった。

「やはり、戦争はしない方がいい。でも戦争をする以上は、絶対に負けてはならないのが戦争だ！」

とプロジェクトメンバーは全員、意見が一致した。けれども、今の日本国憲法にうたってあるような戦争放棄というニュアンスでは、決してなかった。

話題は、戦後になる。

先ず、本照寺住職のこと、エセ男爵が口を切った。

「筧義章師は、昭和二十一年に帰国され、一旦東京にお帰りになる。広島に赴任されたのは、その後の出来事だ」

先にもふれたように、広島への赴任は昭和二十二年。原爆投下から間もない時期にて未だ本照寺境内は混沌とした状態であったと聞く。当面、今の広島市安佐南区可部にて布教活動が始まった。

ところで、このプロジェクトの初めに立ち戻る。

満洲からの帰国を余儀なくされた筧義章師は、何故その次の勤務地に、広島の本照寺を選ばれたであろうか？　この件についてはたいへん畏れ多き事にて、後にも先にも、全くもって先代住職筧義之師にお尋ねした事は無く、もちろん師からお聞かせ頂いた記憶は一切ない。もちろん現住職にお尋ねしてもますます解らなくなる。だから昭和の二十年代の出来事は全て、想像の域から出ていない。しかし、満洲時代の布教活動中から、広島出身の方とお知り合いになり、その広島出身の方も満洲から広島に帰られる。そこから満洲時代の壇信徒さんとのご縁が、広島でおありだったのだろうか？　それも在ったと思うけれど、どうなのか？

昭和二十二年、筧義章師は関東から広島本照寺へ。

そこへ、満洲で知り合われたインド人ナイル氏が、昭和二十七年十一月、広島で開催された『世界連邦アジア会議』に、来賓として招聘されたパール博士の通訳として広島に来られ、滞在中に筧義章師と再会される。

パール博士は東京軍事裁判インド代表判事として、A級戦犯全員の無罪判決を主張。それが発端となり、GHQ占領下に在った日本で脚光を浴び、敗戦で打ちひしがれていた日本人に、勇気と誇りを持つ切っ掛けを創って頂いた、親日家のインド人法律家である。

博士は、一八八六年（明治一九年）一月二十七日イギリス領インド帝国ベンガル州ノディア県クシュティア群カンコレホド村にて、生誕される。

パール博士の小史を記す。

一九一一年　カルカッタ大学理学部と法学部を卒業、一九二〇年に法学部修士試験に最優等で合格。翌年弁護士に登録。

一九二三年～一九三六年　カルカッタ大学法学部教授

一九二七年　インド植民地政府の法律顧問に就任。
一九四一年　カルカッタ高等裁判所判事に就任。
一九四四年　カルカッタ大学総長に就任（一九四六年三月迄勤務）。
一九四六年　極東軍事裁判インド代表判事
それ以降、一九五〇年年代には度重なる日本訪問あり、
一九五五年　世界連邦カルカッタ協会会長に就任。
一九五七年　国際連合常設仲裁裁判所判事。
一九六六年（昭和四十年十月）清瀬一朗や岸伸介らの招聘により四度目の来日あり、昭和天皇から勲一等瑞宝章を授与される。（翌、一九六七年十一月カルカッタの自宅にて死去）

ここで話題を戻し、昭和二十七年の広島市。

初めてパール博士と筧義章師の初会見となるが、その前にパール博士は、平和公園を訪れておられる。

そこでご覧になった『原爆慰霊碑の碑文』に、大きな疑問と憤《いきどお》りを持たれた、と聞く。

繰り返す。

次の文言である。

「安らかに眠って下さい
　過ちは繰返しませぬから」

慰霊碑にお参りされたのち、パール博士曰《いわ》く、
「意味不明の文章である。原爆慰霊の文言にふさわしくない」と、言われた。

パール博士のご意見ご感想を受け、本照寺の住職覚義章師は同じご意見をお持ちだったに違いない。

結果、パール博士のその時のお気持ちから発せられたお言葉（詩文）を石碑として刻み込み、現在に伝えられている。

今一度、それを次に記す。

パール博士碑全体像　本照寺山門（入口）西側に建立されている

『大亜細亜悲願之碑』
激動し変轉する歴史の流れの中に
道一筋につらなる幾多の人達が
万斛の思いを抱いて死んでいった
しかし
大地深く打ちこまれた
悲願は消えない
抑壓されたアジアの
解放のため　その嚴粛
なる誓いにいのちを捧げた
魂の上に幸あれ
ああ真理よ
あなたは我が心の
中に在る　その啓示
に従って我は進む

一九五二年二月五日
ラダビノード・パル

ベンガル語で書き下ろされた原文は、ナイル氏により英語に翻訳され、さらに日本語への翻訳は、昭和二十七年当時に本照寺の心ある壇信徒により推敲された結果の、美しくも力強い意志を込めた詩文となって、石碑に記された。

本照寺境内のパール博士石碑の右手下方に佇む、小さな碑石あり。大きさは畳の四分の一程度の大きさである。

次に、その石碑に記されている文言を書き下ろす。

果敢な反英実力闘争を経て　日本に亡命した
インド独立運動志士ラズ・ビバリ・ボース氏に
信任されていたことを同行のA.M.ナイル氏から
聞かされたパール博士は筆者に親近感を持たれ
慰霊文執筆を快諾された　英文中のLORDを
真理としたのは　マハトマ・ガンディの真理の把持による
本照寺再興住職　筧　義章　記

ベンガル語の慰霊文は
東京軍事裁判でただ一人
心理と国際法に基づき
日本の無罪を主張し
原爆投下の非人道性を指摘した
インド代表判事パール博士が昭和二七年
の秋来広の際
期の碑文建立の趣旨に共感し
半日瞑想推敲して揮毫されたものである
アジアの民族解放運動と戦禍にたおれた
満蒙華印等動乱大陸の人々の面影偲び
浄石にその名　記し
石窟内に奉安
有志恒友相倚り碑を建立した
慰霊の式典をかさねること三十三回
昭和四十三年五月
恒友協力　浄域を整え再建す
日　文　源田松三筆
英訳文　エ・エム・ナイル
碑　銘　大亜細亜は宮島詠士先生遺墨に依る

まさしく、ナイル氏とパール博士とお会いになった本照寺第二十五世住職筧義章師の『おことば』である。この石碑文内の「筆者」とは筧義章師ご自身の事か、と考える。

この時の師は、他に何か執筆しておられ、その最中《さなか》にパール博士にお会いになったのかもしれない。それこそ言葉不足の旨、ご不明分で、よく分からない。

はっきり言えるのは、ナイル氏と筧義章師は、満洲時代から相当親密な友好関係をお持ちだったと、確信する。

（六）

「男爵さん、そろそろ教えて下さいな。一体全体、このプロジェクトメンバーの集まった目的は、何なのですか？」

ほろ酔い加減のひでみは、かなり饒舌になっていた。

「ちょうど良い時に、的を射た質問、つまり提案をして頂いた。さすが、ひでみさんだ……」

「プロジェクトの目標は単純で、つまり『広島本照寺に在る

English Translation From
Bengal Language Text of this moment: —

For the peace of those departed souls
who took upon themselves the solemn
vow at the salvation ceremony of
oppressed Asia,
“Oh! Lord, thou being in my heart,
I do appointed by you”

1952.11.5
Redhavinod Pal

パール博士の石碑』にちなんだ写真入りの案内書、つまり旅行者向けのガイドブックを作る。その為の資料集めをみんなでやっているのです」

「なあんだ！　それなら難しく考えなくていいのだ。そう、簡単ではありませんか。私は来週から資料を英語に翻訳しましょうか？」

「旅行者なら、外国人も大勢いるでしょう。せめて英語にしておかなければ……」

積極的なひでみの意見を聞いたエセ男爵は、喜んで話を進める。

「そう、小冊子にはカラー写真が入る。広島を中心とした原爆投下以前の旧跡の案内を入れる。日本語の他に英語訳文を入れる。そして……」

ひでみは、

「正しい昭和の歴史を理解して頂けるよう、解り易く歴史に触れる。ですよね……」

と、ここまで語ったひでみの会話が途絶えた。彼女は、パール博士が石碑の詩の中で説かれているであろう、次世代に向けてのメッセージを自分たちプロジェクトチームが絆となって、若い人たちに説き伝える。そのメッセンジャー的な役割の重要性に気付いた。

「パール博士と、ナイルさんと、おじい様は、たぶん、満洲での五族融和と王道楽土のこと、すなわち異民族の融和と貧困の無い『夢の新天地を実現』する。その上で『世界平和』に結び付けようと思われていたに違いない。そこがパール博士とナイルさんとおじい様に共通する『覚悟』を持たれ、人の世に尽す。そのようなおつもりだったに違いありません！」

ひでみは、正しい解釈をしていた。

エセ男爵のみならず、トーマス青木も喜んだ。

めずらしく、コスケが口を開いた。

「日本に住んでおられる普通の日本の人々にはお分かりにならないかもしれないのですが、私たちハンガリー人は、東洋人の血を持っています。日本には親近感をもっています。日々、日本のニュースに耳を傾け、目を凝らしています。国は小さくてもアジア第一の国、日本は、憧れの国なのです。日本人の友人がいる私は、たいへん幸せなヨーロッパ人です。私が出来る事なら、何でもお手伝いします。遠慮なくおっしゃって下さい」

さらにコスケは締めくくって、

「もっともっとヨーロッパの人々に向け、日本の歴史と文化の佳さを、発信しなければなりません。私もお手伝いします」

「ありがとう、コスケ君。協力して下さい」

トーマス青木のスピーチが始まった。

「さあ、みなさん、今後も継続して、このプロジェクトを進めていきましょう」

本照寺の石碑の詩文には、パール博士と筧義章師の唱えられた『次世代へのメッセージ』が記されているようだ。

タイトルの大亜細亜、と、その意味は？

すなわち全アジア、もちろんヨーロッパも含め、ユーラシア大陸から、南北アメリカ大陸にアフリカ、オセアニア等々、今や全世界へ。と、置き換えたい。

慰霊の詩文をもって、今、そして未来へ、次世代への夢と希望を託した『励ましの言葉』と受け止めたい……

「パール博士のお言葉、たいへんありがとうございます。この石碑に記されたお言葉を携え、そして先人たちへの感謝の気持ちを込め、これを次の世代に伝えます……」


—　完　—

『特別寄稿』

広島本照寺住職（第二十七世）　覚　義　就

（一）本照寺について

関ヶ原の合戦の結果、毛利輝元の代りに広島に入封したのは福島正則である。福島家勘定家老・小河若狭守安良《おごうわかさのかみやすよし》は現在の東広島市・妙福寺第二世・生善院日瑩《しょうぜんいんにちえい》上人に帰依する。日瑩上人を迎えてまず説教所・長喜庵を構える。後に自身の屋敷を寄進し慶長十年（西暦一六〇五年）に一寺を建立する。これが現在の広島市中区小町にある『光瓊山《こうけいざん》 本照寺《ほんしょうじ》』である。開山（初代住職）は生善院日瑩上人、開基は一如院殿清岩隆心大居士（小河若狭守安良）である。

以降、本照寺は福島家に代り広島に入封した浅野家の多数の家臣をはじめ壇信徒の助力並びに歴代住職等により脈々と法灯が受け継がれた。

昭和二十年八月六日、原子爆弾広島投下により爆心地から約七百メートルの本照寺は焼失し、第二十四世・紀野日事師は原爆遷化した。昭和二十二年六月に第二十五世・筧義章師が赴任するまで住職不在であった。その間は、岡山県津山市本蓮寺等、近隣寺院の助力により、法務がとられた記録がある。

筧義章師が着任した当時の本照寺は文字通り、焼け野原であり、境内の至る所未だ人骨が散乱している状態であった。現在の広島市安佐北区可部にあった布教所から本照寺に通い、壇信徒の奉仕を得て境内地の整備及び諸堂の再建に着手する。筧義章師は平成四年に遷化するが、第二十六世・

寛義之師の代である平成十四年に現在の本堂の落慶法要を厳修し、原爆投下から真の意味での再興は五十七年の年月を経て成就された。

寛義章師が本照寺着任した時期は、別述の通り、『三派合同』から『独立宣言』の時期と重なる。師の主張は「独立はいずれ当然行うにせよ、今独立したら残留する寺院も少なからずあり、分裂は必至なので次期尚早である」

というものであった。昭和二十二年の『独立宣言』では本照寺は『日蓮宗』に当面は残留し、後に単独寺院（独立寺院）となった。


前述の通り、平成十四年十月二十日、時の総本山妙満寺第三〇四世・中山日嘵猊下を大導師に招聘し、『宗祖日蓮大聖人立教開宗七百五十年慶讃　本照寺本堂落慶天童音楽法要』が厳修された。この法要は、後の妙満寺第三〇五世・中村日玄猊下、第三〇六世・山本日惠猊下、現三〇七世・大川日仰猊下も出座された、盛大な法要であった。

法要において、寛義之師は壇信徒に対して、はじめて顕本法華宗に帰入する旨を宣言した。第二十七世である私の代の平成二十九年五月、山本日惠猊下、島田幸晴宗務総長をはじめ各聖のご尽力を得て、総本山妙満寺『春季報恩大法要』において、顕本法華宗に帰入し、現在に至る。

（二）顕本法華宗（法華宗妙満寺派）

顕本法華宗は、室町時代の康応元年（西暦一三八九年）に開祖日什大正師《にちじゅうだいしょうし》（西暦一三一四年～一三九二年）によって開かれた。

当時すでに、日蓮大聖人《にちれんだいしょうにん》（西暦一二二二年～一二八二年）を宗祖にいただく宗派が林立していたが、各宗派とも明治に至るまで固有の宗名を持たず、法華宗あるいは日蓮法華宗などと名乗っており、法脈を区別するために『日什門流』『妙満寺派』などの通称を用いていた。明治九年（西暦一八七六年）、日什門流は『日蓮宗妙満寺派』を公称するが、明治三一年（西暦一八九八年）に宗派の教義を明確に表す『顕本法華宗』に改称し、今日に至る。

顕本法華宗は、釈迦牟尼仏（お釈迦さま）が説かれた最も深い真実の教えである「法華経」と日蓮大聖人の『御書』を教えの拠り所としている。また、宗名の『顕本』とは、『開述顕本《かいしゃくけんぽん》』という法華経の教えを表現した言葉からとられたものである。その意味は、「インドでご入滅された釈迦牟尼仏は、本当は今もなお、永遠の命を持《たも》ち続け、常に人々に慈悲の心を注いでいらっしゃる」ということである。

日蓮大聖人は鎌倉時代の貞応元年（西暦一二二二年）、現在の千葉県鴨川市小湊に、漁師の子として誕生された。比叡山をはじめ高野山、南都（奈良）など各地の諸大寺で一切経を学び、法華経こそ末法の衆生を救う唯一の教えであると確信された聖人は、建長五年（西暦一二五三年）、三十三歳の春に故郷清澄山の山頂で初めてお題目『南無妙法蓮華経』をお唱えになり、立教開宗を宣言された。

以来、弘安五年（西暦一二八二年）にご入滅されるまで、鎌倉幕府や他宗信徒の迫害や配流にひるむことなく、「末法に法華経を弘めよ」というお釈迦さまのお言葉を深く心に刻み、「不惜身命」（命を惜しまず）を信条に数々の困難に立ち向かい、生涯を法華経に捧げられた。後述するが、この日蓮大聖人の精神が明治・大正・昭和期の政治家及び軍人に受け入れられる部分もあったと推測する。

日什大正師は、鎌倉時代後期の正和三年（西暦一三一四年）、福島県会津若松市に武士の子として誕生された。出家された大正師は一九歳で比叡山に登り、名を玄妙と改められた。各地の諸大寺を訪ね、碩学《せきがく》に学ぶこと二十年、三十八歳で比叡山三千の学頭《がくとう》となり、玄妙能化《げんみょうのうけ》と称された。

天授五年（西暦一三七九年）、六十六歳のときに、日蓮大聖人の御書「開目抄《かいもくしょう》」と「如説修行抄《にょせつしゅぎょうしょう》」を大正師は読まれた。すると、長い歳月をかけて天台の教理を究めたものの、払い去ることができなかった疑念が跡形もなく晴れていった。玄妙能化は、名を「日什」と改めて改宗を決意されたのである。

しかしながら、大聖人ご入滅後の当時において、宗風はすたれ、勢力争いに明け暮れる門下の現状を見るにけ、大聖人のご遺志を正しく受け継ぎ、立て直すことを誓い「経巻相承《きょうがんそうじょう》」「直受法水《じきじゅほっすい》」（法華経と日蓮聖人の御書の教えを水が流れるごとく、そのままに受け継ぐ）の宗旨を立てて独立された。これが顕本法華宗のはじまりである。永徳二年（西暦一三八二年）、現在の京都市烏丸五条あたりに「妙塔山《みょうとうざん》 妙満寺《みょうまんじ》」を創建され、法華経弘通《ぐづう》の根本道場と定められたのである。

近代において、本多日生上人（西暦一八七六年〜一九三一年）等を輩出した顕本法華宗は隆盛を極める。本多上人には多くの政治家・軍人・財界人が帰依した。先述の通り大聖人の「不惜身命」の精神も大いに受け入れられたものと推測する。

昭和六年宗教団体法により、顕本法華宗は、日蓮宗、本門宗との三派合同により、「日蓮宗」となるが、昭和二十二年（西暦一九四七年）、「独立宣言」により、「日蓮宗」から独立。元来、寺院数は五百とも六百ともいわれたが分裂し、現在に至っている。宗門にとって最大の痛恨事といえよう。

参考文献

記録満州国の消滅と在留邦人
佐久間真澄著　柴田しず恵編者　発行：株式会社のんぶる舎（一九九七年）

日本人が知らない満州国の真実　封印された歴史と日本の貢献
著者：宮脇淳子　監修者：岡田英弘　発行：扶桑社　（二〇一八年）

知られざるインド独立闘争・新版
A.M. ナイル著／河合伸訳　発行：風濤社（二〇〇八年）歴史群像シリーズ（八十四）

【満洲帝国】北辺に消えた王道楽土の全貌
発行：株式会社学習研究社

石原莞爾　マッカーサーが一番恐れた日本人
著者：早瀬利之　発行：株式会社双葉社（二〇一四年）

石原莞爾の世界戦略構想
著者：川田稔　発行：祥伝社　（二〇一六年）

パール博士「平和の宣言」
著者：ラダビノード・パール　編者：田中正明
発行：株式会社小学館　（二〇〇八年）

日本のアジア侵略　世界史リブレット四十四
著者：小林英夫　発行：株式会社山川出版社（二〇一五年）

占領秘話
著者：住本利男　発行：中央公論社（昭和六三年）

図説写真で見る満洲全史（ふくろうの本）
著者：平塚柾緒　編者：太平洋戦争研究会　発行：河出書房新社　（二〇一〇年）

パール判事の日本無罪論
著者：田中正明　発行：株式会社小学館　（二〇〇一年）

トーマス青木（とーます あおき）

昭和42年、広島商科大学（現・修道大学）商学部卒業。

昭和42年～61年、日本通運株式会社航空事業部所属海外旅行担当として活躍。

昭和61年、上記企業中途退社の後、海外放浪自由人となり現在に至る。

平成2年～平成9年、ハンガリーのブダペストに拠点を持ち、旅行業関連サービス業のコンサルタントビジネスに従事。

平成10年～14年、インドネシア東ジャワ州及びバリ州に活動拠点を移し、大学自治活動と観光産業育成の指導にあたる。

平成15年より現在まで、日本に拠点を移し執筆活動に入る。

執筆活動の傍ら、平成18年から現在までNPO法人宮島ネットワークに所属。外国人訪問者を対象に各種ボランティア活動を行う。

大《だい》亜《あ》細《じ》亜《あ》の詩《うた》

広島本照寺《ひろしまほんしょうじ》・東京軍事裁判《とうきょうぐんじさいばん》インド代表判事《だいひょうはんじ》パール博士《はかせ》の碑《ひ》に寄《よ》せて

2020年4月4日　初版第1刷

著　者　**トーマス青木**

発行人　**松崎義行**

発　行　**みらいパブリッシング**

〒166-0003 東京都杉並区高円寺南4-26-12 福丸ビル6F
TEL 03-5913-8611　FAX 03-5913-8011

企画　**田中英子**

編集　**岡田淑永**

ブックデザイン　**洪十六**

発　売　**星雲社**（共同出版社・流通責任出版社）

〒112-0005 東京都文京区水道1-3-30
TEL 03-3868-3275　FAX 03-3868-6588

印刷・製本　**中央精版印刷株式会社**

ISBN 978-4-434-27297-4 C0093